KATHLEEN COLLINS
NUR EINMAL

STORYS

Aus dem amerikanischen Englisch von
Brigitte Jakobeit und Volker Oldenburg

KAMPA

Die amerikanische Originalausgabe erschien 2016
unter dem Titel *Whatever Happened to Interracial Love?*
im Verlag Ecco / Harper Collins, New York.

KAMPA TV
Videoporträt von Kathleen Collins auf
www.kampaverlag.ch/kampa-tv

KAMPA POCKET
DIE ERSTE KLIMANEUTRALE TASCHENBUCHREIHE
Gedruckt auf säurefreiem und chlorfrei gebleichtem Papier aus verantwortungsvollen Quellen, zertifiziert durch das Forest Stewardship Council. Der Umschlag enthält kein Plastik. Kampa Pockets werden klimaneutral gedruckt, kampaverlag.ch/nachhaltig informiert über das unterstützte CO_2-Kompensationsprojekt.

Veröffentlicht im Juli 2020 als Kampa Pocket

Die Coverfotos zeigen die Schauspielerin Seret Scott
bei Probeaufnahmen zu Kathleen Collins' Film *Losing Ground.*
Covergestaltung und Satz: Herr K | Jan Kermes, Leipzig
Covermotiv: *Her* © Céleste Wallaert
Gesetzt aus der Stempel Garamond LT / 200120
Druck und Bindung: GGP Media GmbH, Pößneck
Auch als E-Book erhältlich
ISBN 978 3 311 15005 3

www.kampaverlag.ch

Es ist einfach, Schlechtes zu tun,
Einfach, sich selbst zu schaden,
Gutes zu tun, etwas Gutes für sich selbst,
Dagegen ist sehr schwierig.

Kathleen Collins

Inhalt

Außen

Okay, die Wohnung ist im fünften Stock, kein Fahrstuhl, drei Zimmer vorne, Badewanne in der Küche, Kakerlaken an den Wänden, das Klo ein Kabuff mit Buntglasfenster. Licht? Kein Problem, Licht gibt's ohne Ende! Es ist das größte Haus in der Straße, ringsum nur Dächer und Sonne. Okay, leuchten wir die Nacht ein. Ich will einen Spot auf dem großen Doppelbett, das fast den ganzen Raum einnimmt. Und einen kleinen auf dem mit Jute bespannten Nachttisch. Okay, jetzt ein Licht auf den Schreibtisch mit den vielen Notizbüchern, Papieren und dem ganzen Kram. Gut so. Dann ein Spot auf das Sofa, das eigentlich nur aus ein paar Kissen besteht. Gut. Und jetzt ein schöner weicher Tupfer auf den jungen Mann, der am Schreibtisch seine Gedichte verfasst oder liest. Und noch einer auf die junge Frau, die am Herd steht und Kakerlaken erschlägt. Okay, jetzt Licht von hinten auf die beiden, wenn sie in dem großen Doppelbett unter der blauweißen Decke liegen. Sieht gut aus.

Während die beiden schlafen, legen wir einen Spot auf das Foto, das die junge Frau lächelnd auf dem

Hausdach zeigt, und einen auf das Foto, auf dem der junge Mann Pfeife rauchend im schwarzen Schaukelstuhl sitzt. Und beim dritten Foto, wo er sie im Park (um die Ecke) umarmt, bitte beide gut ausleuchten. Gut. Jetzt von hinten auf die junge Frau, wenn sie den Emaildeckel von der Badewanne hebt, und ein sanftes Licht auf ihn, wenn er sie auszieht, dann ein schöner weicher Akzent auf die beiden nackt in der Tür. Sieht gut aus. Jetzt dimmen. Er nörgelt an ihr herum, will sie ärgern. Nein, stärker dimmen. Sie wirkt zu ängstlich und traurig. So lassen. Er wirkt ziemlich unruhig und wütend. Mehr dimmen. Sie will es ihm nur recht machen. Kann so bleiben. Sie steht am Fenster und wartet. Nein, Unsinn, vergiss es, er kommt ja erst am Morgen zurück. Okay, jetzt ein schönes sanftes Licht, während sie schweigend daliegen. Nein, vergiss es, das wirkt zu ruhig, zu drückend. Jetzt ein Frostfilter, wenn er am Abend zurückkommt, und gedimmt lassen, während sie auf dem Bett sitzen. Und wie wär's mit etwas blauer Folie, wenn er ihr sagt, dass es vorbei ist? Gut. Jetzt ein bisschen weicher, wenn sie mit den Tränen ringt. Gut so. Jetzt mehr Licht auf ihn, während er sie kühl mustert, dann mehr Licht auf sie, wenn sie ihn bittet zu bleiben. Schön. Jetzt beide dimmen, und gedimmt lassen, wenn er sie ansieht, stumm ansieht, dann ihn ausblenden. Sie bleibt im Halbdunkel zurück und sucht die Gefühle, die früher den Raum erhellten.«

Innen

(Mann)

»... mein Leben ist eine lange Improvisation. Ich kenne nicht viele Musiker, die ein so vielseitiges Repertoire haben ... wie ein Dichter mit dem siebten Sinn für die Zeichen der Zeit habe ich meinen Token für die Subway gezahlt und mich auf den Weg gemacht. Launisch war ich schon immer. Als Kind habe ich mich oft im Schrank versteckt ... ich hatte keine Lust auf die kleinen Scheißer. Ich war nie ein angenehmer Zeitgenosse ... zu launisch ... eine echte Plage, die wie eine Fliege dreist durchs Leben spaziert, abgestoßen von der freudlosen Angepasstheit der Erwachsenen. Weil du mich wie einen Gott verehrst, hast du von Anfang an meine Launen geschluckt und sie dir als bedeutsame Kapriolen der Seele schöngeredet, dabei habe ich immer nur gemacht, was ich wollte. Ich bin launisch, verdammt, und rastlos, und im Leben gibt es schon genug Tage ohne Musik. Ich kann mich nicht dafür entschuldigen, dass ich dich so wenig liebe. Nur Träumen wohnt die süße Logik inne, die ich anerkenne ... Träumen und einer gewissen ... Unbekümmertheit, die deinem Wesen vollkommen abgeht. Du warst schon immer ernst, gutmütig und aufrichtig. Ich dagegen war schon immer ein Scheißkerl, ein Arschloch, ein selbstverliebter Schwärmer, der jede Mitfahrgelegenheit nutzt. Ich liebe alles zu wenig, für mich zählt nur die Reise, die Räder müssen sich drehen. Ich bin ein Fahrgast im Zug des Lebens. Von allen Träumen, die ich mir erfüllt habe, war der vom Reichwerden vielleicht der ... durchdringendste ... nur so konnte ich herausfinden, wie alles zusammenpasst und wie man es kombiniert. Diese Erfahrung war fast eine körperliche Genugtuung, ein Ersatz für die magische Kraft, die ich früher aus meinem Schwanz bezog. Sie hat mir geholfen, das Leben konkret in die Hand zu nehmen und abzuwägen. Du riechst so gut, Baby. Als ich bei Ramona eingezogen bin, hattest du einen leichten Schlaganfall ... zwei Finger kannst du bis heute nicht bewegen. Es war eine Laune, Baby, verstehst du das nicht? Eine Laune, bloß eine Idee. Ramona war so schlicht gestrickt, das hat mich fasziniert ... aber du hast es dir zu Herzen genommen, für dich war es ein tödlicher Schlag. In meinen Träumen hat keine Frau je eine Rolle gespielt. Du hättest wissen müssen, dass deine Nachgiebigkeit einem schutzlosen Wesen wie dir nur schaden kann. Ich bin zu launisch. Mit mir wirst du nicht glücklich ... mit mir war noch nie jemand glücklich, nicht eine der Frauen, auf die du dein Leben lang eifersüchtig warst. Du bist irgendwie komisch. Erinnerst du dich an die Überraschungsparty, die du zu meinem vierzigsten Geburtstag gegeben hast? Für mich die beste Party aller Zeiten. Du hast diesen Rumpunsch gemacht, der tagelang im Tiefkühlfach stand, und das Zeug war so stark, dass die Leute nicht nur betrunken waren, sie waren körperlos, und dann hat Sam kubanische Musik gespielt – erinnerst du dich? –, er hat diese Latin-Platten aufgelegt, wo jedes Stück eine Stunde dauert, und alle waren so high und im Beat, dass sie nicht mehr aufhören konnten zu tanzen. So was Verrücktes hatte ich noch nie erlebt ... eine Orgie mit Körperlosen. Die Leute haben mich mit leuchtenden Augen angeguckt, als wären sie in einer Blase, und gesagt: ›Irre Party, Mann, verdammt irre Party.‹ Es war toll ... an was ich mich so erinnere. Einmal war ich draußen auf Coney Island ... mit Ramona ... wir sind am Strand spazieren gegangen, und plötzlich hatte sie einen Abgang, einfach so. Das Baby ist aus ihr raus und auf den Sand gefallen. Sie meinte, so macht sie das immer, wenn sie schwanger ist. Wenn sie sich stark genug konzentriert, kann sie ihre Gebärmutter dazu zwingen, es auszustoßen. Sie war auch auf der Party ... du hast sie nicht erkannt. Es war seltsam. Sie hat dich beobachtet, und du hattest keine Ahnung, wer sie war. Beim Tanzen mit ihr hatte ich manchmal das Gefühl, dass du irgendwie misstrauisch bist, als würdest du was spüren ... aber dann hast du gelächelt ... und mir einen Geburtstagskuss zugeworfen ... du warst wunderschön an dem Abend. Ramona war eifersüchtig auf dich. Das hat mich irgendwie gefreut, ich hab mich wieder richtig in dich verliebt. Meine Gefühle für dich waren wie früher, als wir frisch zusammen waren. Unglaublich. Du warst wieder die Alte, und ich war wieder der Alte. Du bist in die Wohnung gekommen mit diesem Lächeln, diesem Strahlen, von dem mir immer ganz warm wurde, und plötzlich war ich wieder so verliebt in dich, dass ich heulen musste. Alles war so verdammt real, ich roch sogar den süßen Duft, den du im Schlaf an dir hattest; ich bin immer ganz dicht an dich rangekrochen, nur um dich zu riechen, das hat mich so friedlich und glücklich gemacht. Das Gefühl war so real, ich konnte es fast greifen ... und dann war es plötzlich weg, ich war wieder auf meiner Geburtstagsparty und habe mit Ramona getanzt ... und gesehen, wie du mir einen Geburtstagskuss zuwirfst. Du hast dich mit so wenig begnügt. Manchmal glaube ich fast, wenn ich tot bin, steigt das Glück aus deiner Seele empor und rächt sich brutal. Ich entschuldige mich nicht dafür, dass ich dich so wenig liebe ... im Leben gibt es schon genug Tage ohne Musik. Da bin ich doch lieber ein launischer Mistkerl. Oder fällt dir was Besseres ein? Mir nicht. Ehemann spielen?

Vater werden? Statt ein launischer Mistkerl zu sein? Träum weiter ... Ich brauche Raum zum Improvisieren, Baby, die Möglichkeit zum Improvisieren ... im Leben gibt es schon genug Tage ohne Musik.«

(Frau)

»... als mich mein Mann zum ersten Mal verließ, mietete ich eine kleine Blockhütte im Wald, um mich in der Einsamkeit zu erholen. Ich nahm nur einen Koffer mit, ein Foto von mir, auf dem ich ruhig und schwermütig aussah, ein paar Zeichnungen zum Aufhängen und meine Geige. Ich hatte vor, jeden Tag im Fluss hinter der Hütte schwimmen zu gehen, lange Spaziergänge im Wald zu machen und Geige zu üben. Eigentlich wollte ich den ganzen Sommer bleiben, am Ende waren es nur drei Tage. In diesen drei Tagen ging ich morgens schwimmen, spielte bis mittags Geige, aß etwas und ging anschließend im Wald spazieren. Danach war ich ziemlich verschwitzt und setzte in der Hütte Wasser für eine Katzenwäsche auf, dann kochte ich mir Tee. Am dritten Tag, als ich nach meinem Spaziergang wieder Wasser aufsetzen wollte, fing der Petroleumkocher Feuer. Ich rückte den Flammen mit einer Decke zu Leibe, aber sie hatten schon den halben Raum erfasst. Eine ganze Weile stand ich da und überlegte, was ich tun könnte.

Dann wurde mir schlagartig bewusst, dass ich keine Sekunde verlieren darf, wenn ich lebend davonkommen will. Ich sprang splitternackt durch das Fliegengitter. Ein paar Farmer kamen vorbei und staunten über den Anblick von so viel brauner Haut vor dem Hintergrund wütender Flammen. Das Feuer verbrannte meine Haare, meine Kleider, meine Geige. Die Natur erledigt ihre Arbeit gründlich, das muss man ihr lassen. Ich fuhr wieder nach Hause, kaufte einen großen Blumenkasten für das Küchenfenster und fing an, Kräuter zu ziehen. Der Sommer war sehr heiß und einsam. Ich nahm einen Job als Illustratorin für Kinderbücher an und kümmerte mich um meine Kräuter, grub mit bloßen Händen in der Erde und widmete mich den Pflänzchen mit der Hingabe einer angehenden Kräuterheilerin, die mit wirren Haaren ihre Einsamkeit in Schweiß und Schmutz versenkt, und beschriftete sie mit ›Thymian‹, ›Rosmarin‹ und ›Salbei‹. Das Basilikum wuchs zum Fenster eines Nachbarn hinunter, der Rosmarin wählte die andere Richtung und wucherte in die Küche. Der Sommer wurde noch heißer und einsamer. Ich fing an, abends zwischen sechs und acht über die Brooklyn Bridge zu gehen, und schliff die Kanten meiner Traurigkeit im leuchtenden Sonnenuntergang, ließ sie mit dem Rauschen des Verkehrs, das unter mir wie Brandung auf- und abschwoll, und dem fahlen Glanz der New Yorker Skyline verschmelzen. Dann kam eine Zeit, in der nichts mich trösten konnte. Weder das kleine Kräuterwunder in meiner Küche noch das ausgiebige Duschen vor und nach den Ausflügen zur Brooklyn Bridge verschafften mir Erleichterung. Wenn ich wach war, lastete die Zeit wie Blei zwischen meinen Beinen, und Linderung war nicht in Sicht. Ich fing an, Memoiren zu lesen. Es gehörte zu den schöneren Momenten, als ich begriff, dass kein Mensch den Qualen der Einsamkeit entkommt. Den Claudes und Johns und Marthas und Henrys aus früheren Zeiten ist es zu verdanken, dass ich die Beschwernisse des Lebens, weitergegeben von Vater zu Sohn, zum ersten Mal wirklich verstand. Über Wochen lag ich von 17.30 Uhr am Freitagabend bis 8.30 Uhr am Montagmorgen erschlagen im Bett und versank in Trauer. Ich erkannte, dass auch andere schon maßlos einsam und verloren gewesen waren, und dank ihrer Ironie, ihres Scharfsinns und ihrer altmodischen Moral gelang es mir manchmal, mein Leid auf eine spirituelle Ebene zu heben. Der Sommer wurde noch heißer und noch einsamer. Eine Freundin bekam ein Baby, und dieses quirlige Wesen führte mir meine eigene Verlorenheit vor Augen und löste den schlimmsten Schmerz aus, den ich bisher erlebt hatte. Mir war, als trocknete ich langsam aus, als schrumpften kalte Wellen meine Brüste, als ächzten und stöhnten alle meine Glieder. Nachts im Schlaf sah ich, wie du dich vor einer bunt gemischten Gruppe von Verkäuferinnen, Kellnerinnen, Go-go-Girls und Diakonissen entblößt. Du hast einer anderen den Bauch gefüllt. Der Sommer war fast vorbei. Ich ging in den nächsten Laden für Künstlerbedarf und kaufte einen Bogen Malkarton, zwanzig mal dreißig Zentimeter; bei einem Trödler erstand ich einen Stapel alter Zeitschriften. Ich wollte eine große Collage anfertigen und gegenüber von meinem Bett aufhängen. Das heillose Durcheinander schuf die Illusion von Wärme, von reger, lauschiger, lebensfroher Einsamkeit. Ich schnippelte und klebte, schnippelte und klebte, und widmete mich meinem Meisterwerk mit der fieberhaften Hingabe einer Künstlerin. So gestärkt, kam ich eines Sonntagmorgens auf die Idee, mir zwischendurch einen kleinen Fick zu gönnen und zog munter durch den Botanischen Garten. Der Mann war groß und überaus freundlich hinter seiner dicken Brille, und sein Penis hatte die Größe einer Erbse. Ich nahm es als Zeichen, dass ein kleiner Fick zwischendurch nichts für mich ist. Es war Herbst. Du hast mich angerufen, ein R-Gespräch. Ich sagte, dass ich ein Kind von dir will. Du hast gelacht und versprochen, mich in einem Jahr wieder anzurufen. Der Sommer kehrte noch heißer und einsamer zurück. Ich lernte einen Jazz-Discjockey kennen und entschloss mich erneut zu einem kleinen Fick. Eines Abends kam er mit zu mir. Das Schnippeln und Kleben war ausgeufert und hatte meine ganze Wohnung – Sofa, Kamin, Teppich,

Vorhänge, Badezimmerspiegel – in eine Collage verwandelt, schon beim Eintreten blieb Klebstoff an den Sohlen hängen. Der Jazz-Discjockey fand mich sehr besonders, aber vor lauter Verlegenheit fiel ihm nichts anderes ein, als stumpf in mich einzudringen und ohne das kleinste bisschen Lust zu kommen. Es wurde endgültig Herbst. Ich fing an zu nähen und produzierte eine erstaunliche Kollektion schlechtsitzender Hosen, Blusen, Samtkleider und Hausanzüge, eine fummelige Arbeit, in die ich meine Vorstellung von der Schönheit und den Freuden handwerklichen Könnens einfließen ließ. Der Winter kam. Ich fuhr mit der Subway nach Coney Island. Der kalte, einsame Strand und der menschenleere Vergnügungspark kamen in einem Gedicht mit dem Titel *Der Winter unserer Liebe* vor. Als ich um Mitternacht vor dem Kamin saß, bist du wieder erschienen und hast dich vor der Frau deiner Träume entblößt – sie war schöner, freundlicher und liebevoller als ich. Ich spielte mit dem Gedanken, mir eine neue Geige zu kaufen. Die letzte war bei lebendigem Leib verbrannt, im Wald, zu Beginn des Sommers …«

Der Onkel

Ich hatte einen Onkel, der sich in den Schlaf weinte. Ja, diese Geschichte ist wirklich wahr, und sie ging schlecht aus. Eines Nachts weinte er sich nämlich in den Tod. Er war noch keine vierzig. Ein ehemaliger Sportler von olympischem Format. Im Haus meines Vaters hängen noch die goldenen Trophäen, die er irgendwann bei den Olympischen Spielen in England gewann. Er war ein schöner Mann. Schwarz. Und Marlon Brando wie aus dem Gesicht geschnitten. In meiner Familie erzählt man sich, mein Onkel und Marlon Brando seien sich eines Tages in Philadelphia auf der Straße begegnet und verblüfft über die Ähnlichkeit stehen geblieben. Er war ziemlich hell, hellbraun, und hatte die grüblerische Brando-Miene, den finsteren Zug um Mund und Augen, den verdrossenen, ruhelosen Blick. Er war mein Lieblingsonkel. Diese Geschichte lässt sich kaum erzählen, ohne die Requisiten der Rasse einzusetzen. Ich habe gesagt, er war schwarz. Ein Held der Aschenbahn. Ein Marlon-Brando-Doppelgänger. Er hatte außerdem eine hinreißend schöne Frau, die aufgrund ihrer gemischten Herkunft unbeschreiblich hell, fast weiß war, mit schwarzem, seidigem Haar und feinen Zügen. Als Kinder vergötterten meine Schwester und ich die beiden. So einen tollen Onkel und so eine tolle Tante zu haben! Und auch sie mochten uns sehr. Wir verbrachten viele Sommer in dem kleinen Ort im Süden von New Jersey, in dem Haus, das früher meiner Großmutter gehört hatte und jetzt ihnen gehörte. Sie waren immer ziemlich pleite. Ich weiß noch, dass meine Schwester und ich einmal unser letztes Taschengeld hergaben, als der Elektriker den Strom kappen wollte. Aber für uns machte sie das umso hinreißender. Pleite zu sein und trotzdem so anziehend und schön, so faul und großherzig. Es war nämlich so: Mein Onkel konnte keine Rennen mehr bestreiten, weil er seit einiger Zeit unter schweren Asthmaanfällen litt. Er hatte sich angewöhnt, tagelang im Wohnzimmer auf dem Sofa zu liegen, ohne sich zu rühren. Und meine Tante arbeitete nie. Ich glaube mich zu erinnern, dass meine Schwester und ich manchmal wochenlang jeden Morgen zu ihnen ins Schlafzimmer gingen, wo wir dann stundenlang zusammen im Bett lagen und uns lachend Geschichten anhörten. Meine Tante sprach unheimlich gern über Sex. Ohne sie wüsste ich vielleicht bis heute nicht, welche Rolle Sex bei der Fortpflanzung spielt. Und mein Onkel liebte es, beim Imbiss um die Ecke riesige U-Boot-Sandwiches, heißen Kakao, Doughnuts mit Puderzucker und Eis zu bestellen, im Bett zu essen und zu erzählen. Wenn ich die gemütlichen Sommertage ohne den Filter der Verklärung betrachte, erkenne ich, dass er den Kampf mit dem Leben schon damals aufgegeben hatte und dass meine Tante eine faule, verwöhnte Frau war, die sich einbildete, ihre helle, fast weiße Haut würde sie retten. Ich verlor früh den Kontakt zu meiner Familie. Ging für mehrere Jahre ins Ausland, kam verheiratet zurück und gründete eine eigene Familie. Doch aus den Briefen meines Vater erfuhr ich vom schleichenden Verfall meines Onkels, von seinen sporadischen Jobs als Leichtathletiktrainer in verschiedenen Colleges und Freizeitzentren, den lähmenden Phasen der Depression, in denen er wochenlang im Bett blieb und Tag und Nacht weinte.

Ich sah ihn nur einmal in diesen Jahren: Im Sommerhaus meiner Eltern, wo ich nach der Geburt meines ersten Kindes ein paar Wochen verbrachte. Er kam zur Tür herein, als ich die Treppe hinunterging. Für mich sah er aus wie immer, nur das Grüblerische in der Brando-Miene trat stärker hervor. Der traurige, düstere Ausdruck hatte Falten auf seiner Stirn und unter den Augen hinterlassen, und seine Mundwinkel zeigten noch ein bisschen mehr nach unten.

Aber diese tiefe Traurigkeit faszinierte mich, vielleicht weil ich noch jung genug war, um Leid anziehend zu finden. Dann geschah etwas Sonderbares. Mitten in der Nacht weckte er mich auf, riss mich unter heftigem Schluchzen aus dem Schlaf und bat mich, nach unten zu kommen und mich mit ihm zu unterhalten.

Ich folgte seiner Bitte.

Wir blieben die ganze Nacht auf, und er weinte ununterbrochen, abgesehen von kurzen, klaren Momenten, in denen er leise über meine Tante sprach, dass sie sich als dumm und faul entpuppt habe, ihm keine richtige Hilfe sei; dass er es zu nichts gebracht habe, sich nie auf andere habe verlassen können. Und er konnte weinen! Er gab sich seinem Schluchzen hin, ließ sich von seiner Trauer überwältigen, als wäre das Leben eine riesige Tränenquelle, in die man nur eintauchen konnte, indem man weinte! Mein Vater, der durch uns wach geworden war, kam herunter, außer sich vor Wut, dass sein Bruder mir derart zusetzte.

Ich sah ihn nie wieder. Als der Anruf mit der Nachricht von seinem Tod kam, saß ich mit meinen Eltern beim Essen. Mein Vater war tief erschüttert. Das erste seiner sieben Geschwister war gestorben. Dabei war sein Bruder das jüngste Kind gewesen, der Kleine, von allen am meisten geliebt, gehätschelt und verwöhnt. Ich bot meinem Vater an, ihn zum Haus meines Onkels zu fahren. Unterwegs erzählte mein Vater von seinen letzten Lebensjahren, den Jahren, in denen er das Bett überhaupt nicht mehr verließ. Jede Nacht hielt er die anderen (denn irgendwie war es ihm gelungen, in dieser Zeit drei heute fast erwachsene Kinder zu zeugen) mit seinen Klagen wach, seinem lauten, herzzerreißenden Schluchzen, das sich unerbittlich hinzog, bis er am Morgen endlich eindöste, den ganzen Tag verschlief, um dann am Abend von Neuem seine Klage anzustimmen. Seine Kinder waren mit seinem Kummer aufgewachsen. Seine Geschwister kamen regelmäßig vorbei und versuchten, ihn mit aufmunternden Worten zurück ins Leben zu holen. Sie standen unten an der Treppe und baten ihn, doch wenigstens ins Wohnzimmer zu kommen, brachten schmackhafte Speisen mit und beknieten ihn, aufzustehen und mit ihnen zu essen, versprachen, ihm eine Stellung als Cheftrainer an einer renommierten Universität zu besorgen. Aber er blieb im Bett, hielt an seinem traurigen, verkehrten Leben fest, weinte in sein Kissen, bis der Tod ihn mit sich nahm.

Meine Tante kam an die Tür. Sie hatte sich ihre Schönheit über die Jahre bewahrt, nur nicht um die Augen – die stumpfen Augen einer Frau, die zu viel hat hinnehmen müssen. Alles war beinahe so wie in meiner Erinnerung. Das Sofa im Wohnzimmer, auf dem er mit seinen riesigen U-Boot-Sandwiches und zuckerbestäubten Doughnuts gelegen hatte. Das Esszimmer, in dem jetzt nur fast-weiße Frauen, ältere Ausgaben meiner Tante, Sherry schlürfend und flüsternd, beisammensaßen. Ich ging nach oben in sein

Schlafzimmer. Das breite, altmodische Bett, in dem er gelebt hatte, beherrschte den Raum, thronte darin wie ein Denkmal für sein groteskes Streben nach Demütigung und Leid. Natürlich war das grotesk, sicher hatte das mit seiner Hautfarbe und ihren lausigen Möglichkeiten zu tun. Doch sein Weinen, sein Wehklagen und sein Zähneknirschen waren von einer überbordenden Kraft, und ich weinte um ihn, weinte vor Stolz und Freude darüber, dass er sein Leben so gründlich in Leid ertränkt und auf ein uraltes Ritual zurückgegriffen hatte, das über die offene Demütigung seiner Haut und ihre beschränkten Möglichkeiten hinausging; sich beharrlich weigerte, sein Leid zu überwinden wie eine Krankheit, wie einen Stolperstein, den man ihm in den Weg gelegt hatte, um seine Geduld auf die Probe zu stellen; sich beharrlich weigerte, dagegen anzukämpfen, sein Leben in die Hand zu nehmen und Verantwortung zu übernehmen. Nein. Er hatte seinem Leid alle Ehre erwiesen, sich ihm mit tief empfundenen, nie versiegenden Tränen so rückhaltlos ausgeliefert, dass er mir, während ich in seinem Zimmer stand, wie der tapferste Mensch erschien, den ich je gekannt hatte.

Wie sagt man

Als sie in die Sommerferien aufbrach, war ihr Haar so kurz, dass ihr Vater sich nicht von ihr verabschiedete. Er ertrug ihren Anblick nicht. Es war so kurz, dass Glätten zwecklos war, also lag es kraus um ihren Kopf und ließ sie, wie ihr Vater es ausdrückte, »wie alle farbigen Mädchen« aussehen.

Sie fuhr nach Maine, in die Summer School, um sechs Wochen lang nur Französisch zu sprechen. Den ganzen Weg von New Jersey. Weinend. Entmutigt durch die strengen Blicke ihres Vaters. Die grauen Augen voller Abscheu darüber, dass seine Tochter so farbig aussah, dass sie sich dessen entledigt hatte, was sie von den anderen unterschied, dass sie mit dieser Frisur nach Maine fuhr, obwohl sie dort bestimmt die Einzige oder fast die Einzige sein würde, und warum musste sie, wenn sie schon die Einzige oder fast die Einzige war, so farbig aussehen, aussehen wie »alle farbigen Mädchen«?

Als sie ins Anmeldebüro ging, verbarg sie ihre Haare unter einem Tuch und sah niemanden an (was ihrem Vater noch peinlicher gewesen wäre, denn er hatte sie immer ermahnt, sich aufrecht zu halten, nicht ängstlich zu sein, sondern den Leuten direkt in die Augen zu sehen). Aber ohne ihre Haare fühlte sie sich unsicher und hässlich. Und natürlich sehr farbig.

Aber seine Augenbrauen fielen ihr trotzdem auf, und immer wenn sie an diese erste Begegnung zurückdachte, sah sie ihr braunes Gesicht mit dem grünweißen Tuch und seine dicken, buschigen Brauen, die sie anlachten. Die dicksten, die buschigsten Brauen überhaupt!! Und darunter die Augen mit kühlem, festem Blick. Sie gaben sich die Hand … *»Professeur …« »Mademoiselle …«*

Sie ging zurück in ihr Zimmer, wusch und kämmte sich die Haare und ließ das Tuch weg. Dann zog sie sich an und ging zum Essen.

Er machte gerade den Salat an. *Professeur* … mit den buschigen Brauen. *»Bonsoir, mademoiselle.«* Die Stimme nicht heiter, aber erfreut, dazu der klare, feste Blick und ein grimmiges Lächeln, fast so, als hätte ihm die Schwere seiner Brauen einen finsteren Zug ins Gesicht gemeißelt, was ihm etwas Ernstes, aber auch etwas Albernes verlieh. *»Et vous, mademoiselle … d'où venez-vous?«*

Nach dem Essen stand er auf dem Rasen … *entre les professeurs* … und sah sie vorbeigehen. Er beobachtete sie. Sie wusste, dass sie beobachtet wurde. Es war, als wären sie durch einen Draht verbunden.

Dienstags und donnerstags besuchte sie um elf seinen Kurs in *civilisation française*. Montags und mittwochs überschnitt sich ihr Weg zu ihrem Neun-Uhr-Seminar mit seiner Ankunft auf dem Campus. Er fuhr vorbei, während sie über den Rasen ging … beide achteten darauf, pünktlich zu dieser Begegnung zu erscheinen. Wobei sie nie lächelten oder grüßten. Sie sahen sich nur an. Zeigten einander, dass sie es eingerichtet hatten, pünktlich zu sein.

Dann trafen sie sich eines Abends zufällig in der einzigen Bar im Ort. *»Bonjour, mademoiselle … que vous êtes élégante ce soir … Je peux vous offrir à boire?«* Er lud sie auf ein Getränk ein. Er redete. Ihr Französisch entglitt ihr; sie spürte, wie die Wörter auf ihrer Zunge austrockneten und verkümmerten. Er redete. *»Vous savez que vous avez de très jolis yeux?«* Sie versuchte, Wort für Wort zu übersetzen … Sie wissen, dass Sie haben sehr schöne Augen? … zu wörtlich … Sie haben schöne Augen, wissen Sie das? Er redete. Sie sah, wie seine buschigen Brauen sich berührten und lächelten, und darüber musste sie lachen. *»Après cet été je compte aller vivre à Paris!«*, sprudelte es aus ihr hervor. Die Wörter kamen einzeln. Nach … dem … Sommer … beabsichtige (hoffe? gedenke?) … ich … in … Paris … zu … leben!! Sie redete weiter … *»Il me plaît beaucoup de passer l'été ici.«* Es … gefällt … mir … sehr … den … Sommer … hier … zu … verbringen … Sie war sehr zufrieden mit sich. Er war sehr zufrieden mit ihr. Beide waren sehr zufrieden miteinander.

Sie machten einen Ausflug mit dem Wagen. Er redete. »*Vous connaissez le Maine, mademoiselle? C'est un très joli pays. Cela fait quarante-cinq ans que j'habite ici … Vous n'étiez même pas née quand je suis arrivé ici comme professeur …*« Sie hörte zu, nahm sich die Sätze einzeln vor und übersetzte jeden Wort für Wort. Kennen Sie das Maine (darüber musste sie lachen), Miss? Das ist ein sehr schönes Land. Es sind fünfundvierzig Jahre, die ich jetzt hier bin. Sie waren nicht einmal geboren, als ich kam hierher als Professor … (Na, so was, dann ist er mindestens fünfundsechzig … na, so was! …) Sie wollte ihm sagen, dass er schöne Augenbrauen hatte. »*Comment dit-on ›Augenbrauen‹ en français?*« Sie wollte ihm sagen, wie dick und buschig und wundervoll sie waren! »*Comment dit-on ›buschig‹ en français?*« Unfassbar, er hatte schon hier gelebt, als sie noch gar nicht auf der Welt war. Und dann sprudelt es aus ihr hervor: »*Qu'ils sont extraordinaires, vos sourcils! Je les adore!*« Beide müssen darüber lachen, in dem dunklen, leisen Wagen auf der Fahrt zum Meer … *Comment dit-on* … wie sagt man. Sie konnte albern sein, wenn ihr danach war, und er ließ sie. Seine Brauen zogen sich dick und pelzig zusammen, sein fester, klarer Blick verweilte auf ihr, und er lächelte sein grimmiges Lächeln. *Comment dit-on* … wie sagt man … Sie haben ein grimmiges Lächeln, *monsieur le professeur*, und ich habe mich in Ihr grimmiges Lächeln verliebt … es geht mir durch und durch, wie eine Stoßwelle. Eigentlich sollten wir in diesem dunklen, leisen Wagen auf der Fahrt zum Meer leise sein und schweigen, wir befinden uns in einer unvorstellbaren, skandalösen Situation … wir sollten leise sein … und schweigen … denn all das ist unvorstellbar skandalös. Er redet … »*Le malheur dans cette région, c'est que les hivers sont trop longs et l'océan trop froid …*« Das ist das Unglück … (zu wörtlich) … Das ist das Traurige an dieser Gegend, die Winter sind zu lang und das Meer ist zu kalt … Sie kichert. »*Comme c'est vrai, monsieur*«, sprudelt es aus ihr hervor. »*Vous dites la vérité, monsieur.*« Sie kichert wieder … Wie wahr, Mister … Sie sagen die Wahrheit!! Sie sind allein am Strand. Er kniet vor ihr. Ihre Fingernägel bohren sich in seine Haut. Er lächelt, als er ihr die Abdrücke zeigt. Das ist ihr erstes Geheimnis. »*Vous aimez vous baigner, ma petite?*« … »*Oui, monsieur, oui, oui, oui … j'aime bien me baigner!*« … ja, ja, ich mag es, mich zu baden … (zu wörtlich) … ich bade mich gerne … (zu wörtlich) … ich … baden Sie sich gerne, mein Kleiner?

Das ist zu skandalös, zu unvorstellbar, mein Kleiner. Und sie wird die ganze Zeit lachen und ihr kurzes, ihr unvorstellbar kurzes, skandalöses Haar schütteln und sich dem großen herrlichen Erwachen hingeben, das er ihr schenkt … »*Comment dit-on* … wie sagt man … danke …«

Nur einmal

Um einen fehlerlosen Sprung hinzulegen, musste er den Tunnel hinunterrutschen und unten rasch auf die Beine kommen, sonst würde er auf der Stromschiene landen.

Er schaute sie an. »Glaubst du, ich schaffe das?« Er grinste. Als könnte er über das Leben gebieten. Mit seinen lachenden Augen. Zu allem bereit. Und seinem goldenen Körper. Zu allem bereit.

Sie wollte ihm nicht zusehen. Nicht jetzt und auch bei keiner anderen Gelegenheit.

Einmal gingen sie über die Brooklyn Bridge, als er plötzlich das Geländer erklomm. Im nächsten Moment spazierte er oben entlang. Sie dachte bei sich: »Das geht dich nichts an, geh einfach weiter.« Und das tat sie.

»Hier oben ist es irre, Baby«, rief er, »selbst wenn ich runterfalle, es ist richtig irre!«

So einem Mann begegnest du nur einmal, heißt es immer. Nur einmal.

Er lehnte an einem Pfeiler und rauchte eine Lucky Strike. Sie kamen ins Gespräch. Er fand, dass sie komisch aussah beim Tanzen. »Du gibst ein lächerliches Bild ab«, sagte er. »Wie kommst du eigentlich darauf, dass du tanzen kannst?« Er nahm sie bei der Hand, und sie gingen in den Park.

»Glaubst du, du kannst von dem großen Stein da springen?« Er grinste.

Sie sah ihn nur an.

»Na los, ich fange dich auf, wenn du verkehrt springst.«

Sie kletterte hinauf. Sprang. Er schaute zu und ließ sie fallen. Die Landung war gut, auch wenn ihr Knöchel ein bisschen wehtat.

»Das war wunderbar.« Er grinste. »Du hättest dir den Knöchel brechen können.«

Sie war unglaublich stolz.

»Wir suchen noch einen Stein. Ich fange dich auf, wenn du verkehrt springst«, sagte er und umarmte sie.

So einem Mann begegnest du nur einmal, heißt es immer. Nur einmal.

Er fuhr mit ihr zu ihren Eltern nach New Jersey, wo sie ihm im Garten die Rosen ihres Vaters zeigte … ihm ihre Kindheit zeigte und alles, was pikste und wehtat und schwer zu verzeihen war. Er betrachtete das Haus, den Garten und die Familie … Und sie hatte das Gefühl, dass sich alles veränderte. Verziehen war.

Das zweite Mal hatte er sie gerade noch aufgefangen, bevor sie sich den Knöchel brach. »Das wäre fast daneben gegangen. Du bist verkehrt gesprungen.« Er grinste. Ungeheuer zufrieden, dass er sie gerade noch aufgefangen hatte. Ungeheuer zufrieden.

»Großer Gott, das ist ja unglaublich!«, rief er. Und als sie sich umdrehte, war sein Gesicht fast hinter den üppigen lila Blüten der Glyzinie verschwunden. »Großer Gott, was für ein Wahnsinnsgeruch«, rief er. Der Duft überwältigte ihn und ließ ihn heftig erschauern. »Großer Gott«, rief er außer sich vor Glück.

»Glaubst du, ich schaffe das?« Er grinste. Als könnte er über das Leben gebieten. Mit seinen lachenden Augen. Zu allem bereit. Und seinem goldenen Körper. Zu allem bereit.

So einem Mann begegnest du nur einmal, heißt es immer. Nur einmal.

Als sie wegging, schrieb er ihr Briefe. Dicke Umschläge kamen mit der Post. Auf jeder Seite stand ein Wort: Du. Weißt. Nicht. Wie. Sehr. Ich. Dich. Liebe.

Eine einzige Rose, als sie sich an der Bushaltestelle trafen. Und ein überhebliches Grinsen auf seinem goldenen Gesicht. Nur einmal, heißt es immer. Nur einmal.

Sie stahlen sich an der Vermieterin vorbei nach oben in sein Dachzimmer. Die Nacht war fast schon vorbei. Er drang tief in sie ein, und der Morgen brach an. Sie blutete wie ein Hundewelpe. Das helle Tageslicht weckte sie auf. Ein glückliches Grinsen liebkoste ihre Wange.

Einmal im Schnee auf einem alten Pelzmantel. Einmal im Wald auf einem Bett aus Kiefernnadeln. Einmal in einer Scheune im Heu. Einmal. Nur einmal.

Jetzt sitzt er in einem Sessel neben einer Lampe, und sie beobachtet ihn aus den Augenwinkeln, während sie sich mit seinen Leuten unterhält. Er bannt sie mit einem Lächeln, und das lässt sie ins Stottern geraten … »Glaubst du, ich schaffe das?« Er grinst. Als könnte er über das Leben gebieten. Darüber schalten und walten.

Jetzt sind sie in einem Spirituosenladen an der Bowery. Sie kaufen eine Riesenflasche Chianti mit einem Straußenhals, gehen zu Fuß nach Hause in die 135. Straße und trinken unterwegs große Schlucke. Sie schlagen Räder und Purzelbäume und landen ungelenk auf der Straße. Kichernd.

Zu Hause angekommen, sind sie so betrunken, dass sie auf dem Boden aneinanderstoßen und alles verschwimmt. Nach und nach sickern Geheimnisse durch – wie sehr es ihn überraschte, zutiefst überraschte, als seine goldene Haut schwarz wurde und bei anderen Verachtung hervorrief, als das Lachen in seinen Augen erstarb. Später wird sie versuchen sich zu erinnern, welches Geheimnis genau durch den Nebel zu ihr drang. Sie wird versuchen zu benennen, an welchem Punkt das Lachen erstarb. Wer die Beleidigung aussprach, wann und wo sie ihn traf und warum er sie nicht abschütteln konnte. Doch es wird ihr nicht gelingen. Gegen Morgen wird sich das Geheimnis verdichten. Zu einem winzigen Stück Schorf, das nicht abfallen will.

»Glaubst du, ich schaffe das?« Er grinste. Als könnte er über das Leben gebieten. Mit seinen lachenden Augen. Zu allem bereit. Und seinem goldenen Körper. Zu allem bereit.

Er landete auf der Stromschiene. Aber vielleicht auch nicht. Vielleicht passierte es später. Bei einem falsch berechneten Sprung von einer hohen Klippe. Aber vielleicht auch nicht. Vielleicht passierte es noch später. Er schoss sich in den Kopf. Er dachte, das Gewehr sei nicht geladen. Aber vielleicht wusste er auch, dass es geladen war.

So einem Mann begegnest du nur einmal, heißt es immer. Nur einmal. Aber sie begegnete ihr ganzes Leben lang solchen Männern. Einer wie der andere, immer dieselbe Sorte Mann.

Was ist nur aus der Liebe zwischen den Rassen geworden?

Eine Wohnung in der Upper West Side mit zwei Bewohnerinnen unterschiedlicher Hautfarbe. Es ist das Jahr des Menschen. Das Jahr der Rassen-Religions-Farbenblindheit. Es ist 1963. Eine Bewohnerin (»weiß«) arbeitet in einem Ladenbüro in der Lenox Avenue in Harlem als Community Organizer. Sie ist zweiundzwanzig und kommt frisch vom Sarah Lawrence College. Sie ist zweiundzwanzig und verliebt in einen jungen Dichter vom Umbra Writers Workshop (dem später so illustre Namen wie Imamu Baraka und Ishmael Reed angehören werden). Die andere Bewohnerin (»schwarz«) kommt frisch aus einer Gefängniszelle in Albany, Georgia. Sie ist einundzwanzig und die einzige »Schwarze« ihres Abschlussjahrgangs. Sie ist verliebt in einen jungen, unbeugsamen Freedom Rider (»weiß«), dem man im Gefängnis in Mississippi den Kiefer ausgerenkt hat. Er sitzt mit ihr am Frühstückstisch, und sein Mund steht nicht still.

Unter den Leuten, die in diesem Rassen-Mekka ein- und ausgehen: Ein Fotograf (»schwarz«), der ihnen aus Verzweiflung die Schreibmaschine geklaut und sie im nächsten Pfandhaus versetzt hat; ein junger, aufgedrehter Heroinsüchtiger (»schwarz«) aus den Slums von Harlem, der überall mit einer weiteren knackigen Sarah-Lawrence-Absolventin (»weiß«) auftaucht; der Umbra-Dichter (»schwarz«), der im Wohnzimmer Kaffee trinkt und ein Gedicht mit dem Titel *June Bug!* vorliest; eine Gruppe Frauen mit glänzenden Augen (»weiß«), die eben noch auf den Stufen unseres Kapitols Gebetswache gehalten haben; ein paar aufsässig gestimmte Frauen (»schwarz«) die bald schon in Itta Bena, Mississippi ihrer bürgerlichen Herkunft aus dem Norden abschwören werden. Idealismus war wieder in Mode. Eine Zeit lang verstanden sich die Menschen. Innerhalb des Schmelztiegels. Innerhalb des Schmelztiegels.

Es ist Sommer. Die »Schwarze« und ihr junger »weißer« Liebhaber denken an Heirat. In Kürze wird sie ihn mit ins Krankenhaus nehmen, damit er ihren Vater kennenlernt (der nach einer Überdosis Idealismus einen Schlaganfall erlitten hat). In Kürze wird ihr kleiner weißer Liebhaber mit dem hängenden Mundwinkel (deshalb stottert er leicht) dem in Ehren ergrauten, ersten »farbigen« Rektor von New Jersey gegenüberstehen. (»... ich liebe dich«, sagt er ... [das heißt, ihr Liebhaber] ... »Ich möchte ein Schwarzer für dich sein«, sagt er ...) Ihr Vater wird sie mit seinen dunkelgrauen Mittelschichtsaugen ansehen, unfähig, sich zu bewegen.

Es ist Sommer. Die Sarah-Lawrence-Absolventin lauscht ihrem Umbra-Dichter. Er ist dunkel und still, sein Blick huscht zwischen seinen Gedichten und ihrem Gesicht hin und her. In der Wohnung wird es dämmrig. Später wird die Clique losziehen und eine Versammlung zum Mieterstreik in Harlem, eine Spendenaktion für das SNCC oder ein Treffen der Wahlregistrierungshelfer in Newark, New Jersey besuchen.

Wir sind im Jahr, in dem die Grenzen zwischen den Rassen, Religionen und Ethnien verwischen: In Montclair, New Jersey; Brookfield, Massachusetts; Hartford, Connecticut; Mount Vernon, New York und Washington, D. C. – den verborgenen Enklaven der *SCHWARZEN BOURGEOISIE* (so heißt ein Buch, das in einer namenlosen Kleinstadtbücherei aus dem staubigen Regal gezogen wird, kurz darauf als Taschenbuch erscheint und einen bis dahin namenlosen »schwarzen« Soziologen schlagartig berühmt macht) – müssen »schwarze« Eltern erleben, wie ihre Kinder sich gegen das bürgerliche Streben nach Ent-Ghettoisierung auflehnen. Ihre Söhne werden für die Freiheit ins Gefängnis gehen (was in den Augen der Eltern nicht besser ist, als würden sie wegen bewaffneten Raubüberfalls, Drogenhandels, Zuhälterei oder anderer ethnientypischer Straftaten hinter

Gittern landen). Ihre Töchter werden sich zum Beten auf die staubigen roten Straßen Georgias knien, als hätten sie ihre erste Begegnung mit dem Glauben nicht auf den hübschen samtenen Bänken in der Episkopalkirche gehabt. Die ersten »Farbigen« in Medizin, Rechtswesen, Politik, Pädagogik und Maschinenbau, im Baseball, Basketball und Tennis, in der biochemischen Forschung, in der Armee und in der Filmindustrie werden gebeten, vorzutreten und über ihren Erfolg zu sprechen. Der Name Ralph Bunche wird bald jedem Amerikaner ein Begriff sein. Jeder, der etwas auf sich hält, wird mindestens einmal einen »Schwarzen« zum Essen mit nach Hause bringen. Es ist das Jahr des Menschen. Es ist 1963: Was ist nur aus der Liebe zwischen den Rassen geworden?

In der Wohnung in der Upper West Side sind unsere junge »Schwarze« und ihr Freedom Rider gerade zurück aus dem Krankenhaus. Sie ist beschämt und seltsam niedergeschlagen. Der trostlose Ausdruck in den Augen ihres Vaters hatte nichts Beruhigendes. Er konnte sich nicht rühren, doch schien er zu sagen: Habe ich all die Jahre *dafür* gekämpft, für diese … für diese anrüchige Verbindung? Offenbar versteht er nicht, wie die Welt von morgen aussieht. Offenbar versteht er nicht, dass die junge farbige Frau, die er gezeugt hat, nicht an Farbe glaubt: dass der junge

Freedom Rider ihrer Träume für sie keine Farbe hat (was auch zutrifft), dass ihre Gefühle füreinander dort beginnen, wo Farbe aufhört (weil das gar nicht anders sein kann), dass er endlich einsehen muss, dass Rasse als Problem, Rasse als sozialer Faktor, Rasse als politische und ökonomische Barriere der Vergangenheit angehört. Sieht er denn nicht, dass die Liebe keine Farben kennt? Sie ist den Tränen nahe. Die grauen Mittelschichtsaugen gehen ihr nicht aus dem Sinn.

Ihr Liebhaber sitzt geknickt in dem sonnenlosen Zimmer. (Beim Einzug hatte sie sich für das Zimmer am Ende des Flures entschieden, weil sie glaubte, dort hätte sie mehr Ruhe. Die hat sie auch, aber dafür hat das Zimmer kein Licht, und kurz vor ihrem Auszug wird sie dahinterkommen, dass ihre ganze Traurigkeit von dem dunklen, lichtarmen Schlauch herrührte, den sie ihr Zimmer nannte. Sie hätte einfach nur Licht gebraucht. Ein von herrlichem Sonnenlicht durchflutetes Zimmer.) Er denkt an seine Eltern in Boston, an ihre strenge Erziehung. Sein Vater wird keinerlei Bereitschaft zeigen, das Mädchen kennenzulernen, das er heiraten will. Seine Mutter wird sich höchstens zu einem heimlichen Treffen in einem abgelegenen Bostoner Restaurant überreden lassen. Wie soll er seinem Vater begreiflich machen, wie man sich fühlt, wenn man krankenhausreif geschlagen wird? Wie man sich fühlt mit eingeschlagenen Zähnen und ausgerenktem Kiefer, mit gebrochener Nase und matschigem Bauch. Und alles nur für die Freiheit. Alles für die »Schwarzen« in diesem Land, das wir Amerika nennen. Sein Vater muss endlich einsehen, dass niemand ihn verrät, dass er, der Sohn, in Wahrheit nur den Traum des Vaters verwirklichen will – den Traum, an den er, der Vater, tief im Innersten glaubt. Irgendwo tief im Innersten. Er, der Sohn. Es ist 1963: Es ist das Jahr, in dem sich Prophezeiungen erfüllen. Die letzte Erweckungsversammlung liegt noch nicht lange zurück, dort nahmen die Söhne das Kreuz ihrer Väter auf sich. Weiße Söhne machten sich auf zu den Schotterstraßen Georgias und Alabamas, um ihren Vätern zu beweisen, dass es im Schmelztiegel noch einiges zu schmelzen gab. »Schwarze« Söhne machten sich auf zu den Woolworths, Grants und Greyhounds von Amerika, um ihren Vätern zu beweisen, dass sie überall sitzen, essen und fahren konnten, vorne wie hinten.

Ihr Liebhaber sitzt allein und geknickt in dem sonnenlosen Zimmer. Bald muss er zurück auf die Baumwollfelder, weiter die »Basis organisieren«. Sein Bostoner Englisch spielt mit dem breiten Südstaatenakzent. Sein weißes Gesicht treibt in einem Meer aus schwarzem Protest. Diese Zeit verlangt nach einer bildgewaltigen Metapher, denn wir tauchen hinab in die legendären Abgründe Amerikas …

dort, wo man sich die Nase am groben Sand der Illusion aufschürft und blutend wieder auftaucht.

Nach seiner Rückkehr wird unser junger Liebhaber (»weiß«) zum zweiten Mal im Gefängnis landen. Er wird sich weigern, die Kaution zu zahlen, zu essen und den Mund zu halten, bis man ihn abermals zusammenschlägt, um ihn (vergeblich) zum Schweigen zu bringen. Sein Vater eilt ihm nicht zur Hilfe. Seine Mutter fleht ihn an, den beigefügten Scheck einzulösen und nach Hause zu kommen. Seine (»schwarze«) Freundin schreibt ihm aus der Wohnung in der Upper West Side poetische Briefe mit ein paar aufmunternden Zeilen von Emily Dickinson (»Niemand bin ich! /und du?«) oder, wenn die Schwermut sie packt, mit ein bisschen Edna St. Vincent Millay (»Wenn ich ganz zufällig und nebenbei erführe, /dass du gestorben bist, nie mehr wiederkommst«). In dieser trüben Stimmung verbringen sie den Winter.

Die (»schwarze«) Mitbewohnerin verkriecht sich in ihrem sonnenlosen Zimmer. Angesichts der strengen Haltung ihres gelähmten Vaters, angesichts ihres inhaftierten Liebhabers sitzt sie da, trinkt Tee und durchlebt noch einmal ihre »weiße« Studienzeit (wie ist es gewesen, die *Einzige* zu sein????).

Sie denkt an die mahnenden Worte ihres Vaters, Problemen mit Zimmergenossinnen von vornherein aus dem Weg zu gehen (IH!!!! In meinem Zimmer sitzt eine »Negerin«!!!): Verlang immer ein Einzelzimmer. Sie erinnert sich an jedes dieser Einzelzimmer – eins pro Jahr. Doch einsam war sie nie. Sie wurde (im ersten Jahr) zur Studentensprecherin gewählt, war (im zweiten Jahr) Studentenvertreterin im Disziplinarausschuss und im Jahr darauf irgendetwas anderes ... Sie war sich sicher, dass sie eine von ihnen war, bis zu dem schicksalhaften Tag, als das ERSTE SIT-IN stattfand und sie mit der Frage konfrontiert wurde, warum sie selbst so privilegiert war, wo doch, wie sie von den SITZSTREIKENDEN erfuhr (die in Scharen in alle fast-weißen Einrichtungen im Land strömten und Vorträge hielten), so viele Angehörige ihrer Rasse (viel später erst wurde daraus »ihr Volk«) in Armut und Verzweiflung lebten und sogar um ihr Wahlrecht, ein amerikanisches Grundrecht, betrogen wurden. Dabei waren sie Amerikaner, genau wie sie. Und so teilte sie ihrem (noch nicht gelähmten) Vater an Ostern mit, dass sie im Sommer in den Süden fahren und bei der Wählerregistrierung helfen werde, dass sie im Sommer in den Süden fahren werde, um ein für alle Mal herauszufinden, was es hieß, »schwarz« zu sein.

In jenem Sommer war sie völlig unerwartet zu einer verblüffenden Erkenntnis gelangt: Sie konnte *jeden* heiraten, nicht nur einen farbigen Arzt/Anwalt/Lehrer/Professor, sondern *jeden*. Einen mexikanischen Lastwagenfahrer. Einen japanischen Psychiater. Einen südafrikanischen Journalisten. *Jeden.* Sogar einen Weißen. Das war der fruchtbarste Ertrag jenes Sommers, in dem sie Baumwolle und Gurken pflückte und mit einer »schwarzen« Freundin, die wie sie ihrer bürgerlichen Vergangenheit entfliehen wollte, in Momma Dollys Hühnerhof Sonnenbäder nahm. Sie verwandelten sich in erdverbundene Frauen, in »schwarze« Farmerinnen, im Einklang mit der Natur und den Jahreszeiten, im Einklang mit der Welt ihrer Vorfahren aus dem Süden, im Einklang mit dem weiten Südstaatenhimmel und seinen wankelmütigen Sternen.

Dort lernte sie auch ihren jungen Liebhaber (»weiß«) kennen. Er teilte ihr karges Leben aus Maisbrot und Schweinsinnereien, während sie auf den heißen Schotterstraßen von Haus zu Haus zogen und die Leute baten, mitzukommen und zu wählen, mitzukommen und sich erschießen zu lassen, mitzukommen und ihr Leben für die Aufhebung der Rassentrennung zu opfern. Sie konnte gut vor Menschen reden. Sie führte diese Begabung auf ihre Südstaatenwurzeln zurück, von denen ihre Eltern absolut nichts wissen wollten (weshalb sie in ihrem Beisein auch nie darüber sprachen, dass ihr Vater vor seinem Schlaganfall selbst ein begnadeter Redner gewesen war). Sie liebte es, mit ausgebreiteten Armen und Tränen im Gesicht auf der Kanzel zu stehen, sich für die Freiheit zu opfern und andere zu bewegen, es ihr gleichzutun, sich dieser großartigen »We Shall Overcome«-Bewegung anzuschließen, in der Schwarz und Weiß Hand in Hand Richtung Freiheit marschieren würden.

Ein Schauer lief ihr über den Rücken. Sie saß still in dem sonnenlosen Zimmer und erinnerte sich. An die Angst. Dass sie zu weit gegangen war. Dass sie die Realität verleugnet hatte, bis Momma Dollys Farm eines Tages von Kugeln durchsiebt wurde und sie wieder nach Hause fuhr. Um ihr Studium abzuschließen. Um Reden zu halten, Lieder zu singen, Spenden zu sammeln. Aber zurück ging sie nie. Auch nicht, als der Anführer der Bewegung sie persönlich bat, ihr Studium zu nutzen und im Süden als Lehrerin zu arbeiten. Sie hielt Reden und sang, sammelte Spenden und schickte Kleidung. Aber sie ging nie mehr zurück. Nur in den Erzählungen ihres Liebhabers (»weiß«), der nachts wach in dem Gefängnis in Mississippi lag. Mehr ertrug sie nicht.

Sie macht kurz die Augen zu. Sie liest gerade *Aufstieg und Fall des Dritten Reiches*, *Psychologie des Seins*, *Hasenherz*, *Der Zentaur* (»Hör mir zu, mein Mädchen. Ich liebe dich, ich möchte ein Schwarzer für dich sein ...«). Jeden Mittwoch um fünf offenbarte sie sich eine Stunde lang einem ewig müden Psychiater, der ihr durch sein ständiges Einnicken zu verstehen gab, dass nicht nur *sie*, sondern jedes allzu gründlich sezierte Leben derart langweilig war, dass einem unweigerlich die Augen zufielen. Er sagte, sie sei manisch-depressiv. Alle Schwarzen neigten zur manischen Depression, erklärte er. Alle erlebten Phasen höchster Euphorie und verfielen dann plötzlich in tiefste Niedergeschlagenheit, sagte er. Das komme wahrscheinlich vom vielen Singen und Tanzen, sagte er. Also ging sie in die Bibliothek und schlug »manische Depression« nach. Notierte sich ihre Symptome, um sie später in ihrem Zimmer aufzuhängen: rauschhafte Zustände, gefolgt von schweren Depressionen, verbunden mit dem Verlust des Selbstwertgefühls, einer inneren Leere und dem Glauben, dass das Leben sinnlos ist (später, als sie dahinterkam, dass die innere Leere von dem dunklen erdrückenden Schacht herrührte, in dem sie sich Tag und Nacht aufhielt, und dass der Rausch nur ein sonniges Zimmer weiter wartete, lachte sie darüber).

Sie wünschte sich, ihr Vater würde ihre Ausrutscher verzeihen. Ihre Ausrutscher bezüglich der Rasse und auch die sexuellen. Nach der ersten Nacht staunte sie: *Deshalb* das ganze Theater? *Deshalb* wachte ihr Vater mit Argusaugen über sie und musterte jeden Mann, mit dem sie ausging, wie einen potenziellen Feind? *Deshalb?* Wegen dieses merkwürdigen glitschigen Geschiebes, das manchmal mit einem kurzen Stöhnen endete. Mit einem komischen schwachen Zucken. Und dann? Wie kam ihr Vater nur darauf, sie würde unter die Räder kommen, weil sie mit einem Mann geschlafen hatte und jetzt einen anderen (zugegeben, einen »weißen«) Mann heiraten wollte? Was war schon dabei? Sie wünschte sich, ihr Vater könnte sprechen, würde nicht einfach daliegen und sie anstarren, als wäre sie »farbig«, als hätte sie sich nunmehr tatsächlich in eine »farbige Frau« verwandelt und wäre unrettbar verloren. Das quälte sie am meisten. Nicht dass sie sich »hergegeben« hatte, wie ihre Mutter es ausdrückte, sondern dass sie nicht mehr das über alles geliebte Kind ihres Vaters war. Sie hatte sogar die größte Sünde begangen, die größte, unverzeihliche Sünde, die ein (»schwarzes«) Mädchen begehen konnte: Sie hatte sich die Haare abgeschnitten. »Wie viele schwarze Mädchen sind schon mit langen Haaren gesegnet?«, hatte ihr Vater gejammert. »Wie konntest du nur eine Schwarze aus dir machen, die aussieht wie alle Schwarzen? Was hast du dir bloß dabei gedacht?« Er drehte sich um und ging. Sie spürte, wie ihre Haut dunkler wurde, als er sie aus dem Krankenhausbett anstarrte; ihre Haare fühlten sich nicht nur kurz an, sondern auch sagenhaft buschig. Jeden Augenblick würde sich ihr Gesicht zu einem zahnlosen Grinsen verzerren, und sie würde zur Inkarnation seiner schlimmsten Albträume werden – sie würde rückwärts zur Tür schlurfen, grinsend und mit zu Berge stehendem buschigen Haar, durch und durch eine »farbige« Frau. Das las sie in den grauen Mittelschichtsaugen; das war der Auslöser für seinen Schlaganfall: die plötzliche Verwandlung seiner geliebten, klugen Tochter (die einzige »Schwarze«, die an dieser Bergfestung studiert hatte) in eine »Farbige«. Sie saß wie erstarrt auf ihrem Stuhl. Wenn sie sich nur von der düsteren Stimmung befreien und im Licht dieser Liaison aufblühen könnte. Immerhin würden sie schöne Kinder haben. Das waren sie alle, diese »Mischlingskinder«, die aus der Verbindung von Chinesen und Weißen, Indianern und Schwarzen oder auch von Weißen und Schwarzen hervorgingen, als erhielten sie durch die Paarung nur die besten körperlichen Eigenschaften: ein paar Wellen für das zu glatte Weißenhaar, die zu breite Schwarzennase ein wenig feiner gemeißelt, die chinesischen Schlitzaugen zart gerundet und mandelförmig. Ihr gefiel die Vorstellung, ein »Mischlingsbaby« zu haben. Sie legte die Hand auf ihren Bauch und schlug die Augen auf. Im Zimmer war es dunkel. Obwohl zwei Hundertfünfzig-Watt-Glühbirnen brannten, war es dunkel. Sie hörte, wie ihre Mitbewohnerin den Schlüssel ins Türschloss steckte.

Ihre Mitbewohnerin (sie hieß übrigens Charlotte) war ein frisches, rosiges Mädchen: ein Mädchen, das als Dreijährige seinen goldigen Hütehund angehimmelt hatte und mit fünf ohne Sattel geritten war; ein Mädchen, das eine privilegierte Erziehung genossen hatte. Und das sah man Charlotte an, besonders um die Augen herum und am gesunden Strahlen ihrer Haut. Man sah es einfach. Dazu in jeder Strähne ihres leuchtend blonden Haares ein Hauch von Rebellion gegen die Rassentrennung.

Verglichen mit ihrer frischen, rosigen Mitbewohnerin wirkte sie beinahe anämisch. Sie war zum Beispiel zu hell für eine »Schwarze«, um die Nase herum ein wenig zu gelb. In den vier Jahren an der Universität hatte sie kaum Gelegenheit gehabt, sich so elegant herauszuputzen, wie es »schwarze« Frauen bekanntlich tun, mit geschickt drapierten Tüchern, keck sitzenden Hüten und einem unfehlbaren Gespür dafür, die wildesten Farben zu einem stimmigen Gesamtbild zu kombinieren. Dazu fehlte ihr auch das Talent. In Wahrheit hatte sie in Stilfragen überhaupt kein Talent. Wenn man sich eine Farbe an ihr vorstellen konnte, war es braun. Das triste Braun, das gut zu flachen Spangenschuhen passt. Ihr erster Liebhaber (»schwarz«) hatte ein paar Verbesserungen an ihrem Äußeren vorgeschlagen. Zum Beispiel sollte sie auf den knallorangenen, stets verschmierten Lippenstift verzichten und die unbeholfenen Versuche einstellen, ihre breiten, buschigen Augenbrauen zu zupfen, die, so fand er, das Attraktivste an ihr seien. Sprich, er riet ihr, sich keine Gedanken mehr über ihr Aussehen zu machen, sondern einfach Rollkragenpullover (am besten schwarze, passend zu ihren Spangenschuhen) und dazu einen schlichten Cordrock mit großen Taschen zu tragen. Was sie auch tat. Auch nach der Trennung (er stieg auf sein Motorrad und fuhr mit seiner neuen [»weißen«] Freundin nach Westen).

Ihre Mitbewohnerin erinnert sie an die Lesung heute Abend in der St.-Mark's-Kirche in der Bowery. Es ist eine Umbra-Lesung, ob sie Lust hat, mitzugehen? Sie überlegt noch, als die Tür aufgeschlossen wird und Henry, der (»schwarze«) Dichter nach Hause kommt. Sie leben *à trois* in der Wohnung und zeitweise sogar *à quatre*, wenn Dingsda mal nicht im Gefängnis sitzt. Im Moment sind sie nur zu dritt. Henry ist liebenswert, keine Frage, und kein anderer spricht mit so sanfter Stimme. Charlotte (ihre Mitbewohnerin) spielt mit den Gedanken, ihm sein Dichterleben zu finanzieren. Er würde Gedichte schreiben; sie würde arbeiten. Dieser Traum ist nicht sehr politisch – Henry will nicht in den Süden zu den Sit-ins fahren, er interessiert sich nicht einmal für die Wählerregistrierung, und seine Gedichte sind merkwürdig unpolitisch. Vielmehr handelt es sich um eine romantische Fantasie, die irgendwann platzen wird (sofern man bereit ist, sich einzugestehen, dass romantische Fantasien Luftballons ähneln). Charlotte wird feststellen, dass sie nicht gerne arbeitet. Nicht einmal für die Kunst. Henry wird in der *New York*

Times (Sonntagsausgabe) von ihrer Hochzeit lesen. Aber davon sind wir noch Lichtjahre entfernt.

Es ist 1963. Die Fenster in diesem Rassen-Mekka im Erdgeschoss stehen immer weit offen. Die meisten Leute sparen sich den Weg durch die Tür und kommen durchs Fenster herein. Zum Beispiel Adrienne, die andere langhaarige (»weiße«) Schönheit vom Sarah-Lawrence-Typ. Sie verbringt ihre gesamte Zeit mit Skip, dem Jungen aus dem Ghetto mit dem Drogenproblem. Stundenlang denken Charlotte und sie darüber nach, wie sie Skip dabei helfen können, vom Heroin loszukommen, wie sie ihn dazu bringen können, dass er tagsüber beim Organisieren der Mieterstreiks hilft – und sich in seiner Freizeit um die Lösung seiner Probleme kümmert. Für die beiden ist Skip ein »wunderbarer Mensch, der im ewigen Strudel der Segregation gefangen ist«; sie glauben fest daran, dass sich alles ändern wird, weil sie nämlich seinen Lebensstil unterwandern und nichts dagegen haben, dass er unter ihnen (und notfalls sogar *bei* ihnen) lebt. Integration heißt der pulsierende neue Beat, der ihn von den alten Zwängen der Segregation befreien wird. Denn ist es nicht an uns, die Schranken zu überwinden? Müssen nicht WIR Hand in Hand gehen? Wenn nämlich du (Skip) nicht frei bist, folgt daraus so klar wie die Nacht auf den Tag (eine ausgezeichnete Metapher für unsere Zwecke), dass auch ich (Adrienne) nicht frei bin. Gemeinschaft war wieder in Mode. Eine Zeit lang verstanden sich die Menschen. Innerhalb des Schmelztiegels.

Unter den regelmäßigen Besuchern ist ein großer, finster blickender junger Mann (Westinder, und Westinder sind keine »Schwarzen«) namens Derek, der immer höflich klingelt und wartet, bis man ihm die Tür öffnet. Er sitzt in Charlottes Zimmer in der Ecke (alle Versammlungen finden in Charlottes Zimmer statt, das zur Straße geht, hell ist und ... wir könnten so weitermachen) und predigt. In seinem klaren messianischen Geist reift die Theorie heran, dass Integration vielleicht nur eine Form von Imitation ist, dass Integration vielleicht nur eine Form von Verdummung ist, dass Integration vielleicht nur eine Form von Selbstverleugnung ist, eine Form von ... In einem Jahr wird er »Black Power! Black Power! Black Power!« vom Podium brüllen, und die romantische Fantasie wird in Rauch aufgehen (sofern man bereit ist, sich einzugestehen, dass romantische Fantasien einem Schwelbrand ähneln).

Auch ein ruhiger, beflissener Mensch verkehrt in diesem integrativen Zirkel. Ein Prophet, der als Vater der Bewegung gilt. Er kommt nur, um die anderen zu überreden, ihre Bildung in den Dienst des großen Wählerbildungsprogramms zu stellen, das er gerade in Mississippi einrichtet. Sein Ziel: die Lesefähigkeit unter den Südstaaten-»Schwarzen« zu verbessern und politisch aktive Bürger aus ihnen zu machen. Er nennt das die Politik der Arithmetik. Er weiß, dass Macht aus Politik entspringt und dass man die Rechenpraxis in den Südstaaten (zehn Schwarze + ein Weißer = elf Weiße) umkehren muss. Auf dem nationalen Parteitag der Demokraten 1964 wird man seine beeindruckend präzise Analyse abschmettern, denn die illustre Delegiertenschar hat kein Interesse an der Neuen Mathematik. Der Sand der Illusion ist nass und scheuert, und unser Prophet wird, wie alle echten Propheten, im Vaterland nach der endgültigen Antwort suchen. Nirgends gilt ein Prophet weniger als zu Hause.

Und wie wäre es mit Liebe statt mit Politik? Was ist mit diesem erregenden flüchtigen Gefühl, das farbenblind und religionsblind macht, blind gegenüber Namen, Alter und Bevölkerungsstatistiken? Was ist mit der Liebe zwischen zwei »Menschen«, die sich trotz oder wegen oder infolge dieser Blindheit paaren? Was ist mit Henry und Charlotte und der Möglichkeit, eine Schar Integrationskinder zu bekommen? Was ist mit all den gemischten Paaren, die sich im Sommer '63 und im Sommer '64 in der Lower East Side tummeln, deren Zahl jedoch schon im Sommer '65 wieder abnehmen wird – bis man schließlich kein einziges mehr in der Öffentlichkeit Händchen halten sieht (»Black Power! Black Power! Black Power!«)?

Aber es ist 1963, und Cheryl (wir haben versäumt, ihr einen Namen zu geben) hat keine Lust auf die Umbra-Lesung heute Abend. Sie ist erschöpft von der Lektüre von *Aufstieg und Fall des Dritten Reiches*, *Psychologie des Seins*, *Hasenherz* und *Der Zentaur* (»Hör mir zu, mein Mädchen. Ich liebe dich, ich möchte ein Schwarzer für dich sein …«). Sie wird Charlotte und Henry nicht begleiten, obwohl Henry *June Bug!*, ihr Lieblingsgedicht, vorträgt. Sie wird zu Hause bleiben und mit der Schreibtherapie weitermachen, sich in ihre Kleiderkammer zurückziehen (nur dort ist Platz für ihren Schreibtisch), und ungefiltert alles aufschreiben, was ihr in den Sinn kommt (… nach der Ohrfeige von Mrs. Drexel nahm mein Vater mich auf den Schoß und sagte ich solle mir nichts daraus machen und ich hatte doch bloß um eine Pause gebeten aber die alte Bibliothekarin hatte mich angesehen wie eine Querulantin und mich geohrfeigt und der Schuhverkäufer gab mir ein paar hässliche Schuhe und den knalligsten roten Lippenstift im Sortiment und ich rief laut dass die Schuhe hässlich seien und der Lippenstift zu grell und dass ich solche Schuhe nicht tragen würde bloß weil ich farbig war und merkte er denn nicht dass ich obwohl ich farbig war überhaupt keinen Geruch absonderte und dass ich jedes Mal wenn ich sein Geschäft betrat die Luft anhielt weil ich farbig war und keinen Geruch absondern wollte und dass ich den Bauch anspannte und nicht mehr atmete weil ich wusste dass dann nichts Unangenehmes aus mir herauskommen konnte – kein Gedanke kein Geruch kein grammatisch falscher Satz keine ungezogene Geste kein Mundgeruch keine Pickel weil ich den Bauch einzog und die Luft anhielt während ich seine Schuhe anprobierte und merkte er denn nicht dass ich eine Farbige mit Geschmack war …). Wenn man jeden Abend automatisches Schreiben übe, stand im Anleitungsbuch, könne man die Analyse beschleunigen und sich vielleicht sogar selbst heilen, und da Cheryl keine fünfundzwanzig Dollar die Stunde zahlen wollte, um ihre manische Depression loszuwerden, saß sie in ihrem düsteren Zimmer und schrieb drauflos, ohne auf Zeichensetzung zu achten oder an etwas anderes zu denken, als jede einzelne Silbe festzuhalten, die ihr in den Sinn kam. Zensierte Gedanken strömten in erstaunlicher Fülle aus ihrem Unbewussten. Hinterher konnte sie die Hand nicht mehr bewegen und nicht ein Wort entziffern. Aber sie war sich sicher, dass sie Fortschritte machte.

Dies war täglich ihre letzte Amtshandlung. Vor dem Zubettgehen. Danach machte sie das Licht aus und wanderte in Gedanken zu der Gefängniszelle in Mississippi. Wo Alan (so sein prosaischer Name) vor sich hin faulte. Sie verglich den gemeinsamen Geschlechtsverkehr (schwarz und weiß) mit ihrer ersten sexuellen Erfahrung. Kam er (Alan) ihr kleiner vor, weil der dreihundert Jahre alte Mythos von der weißen Impotenz, den sie unbedingt überwinden musste, damit sie sich problemlos mit ihm paaren konnte, immer noch in ihr präsent war? Oder war er wirklich kleiner? Das war eine schwierige Frage. Wenn er tatsächlich kleiner war, dann hatte das sicher nichts mit Rasse zu tun. Es war bloß Zufall, dass Aaron (sie hatten sich zum ersten Mal auf der Fähre nach Staten Island geliebt) –

Wir waren sehr lustig, unsre Körper müde
und schwer –
Wir waren Fähre gefahren, die ganze Nacht
hin und her …!!

– größer war. Rasse spielte keine Rolle. Sexuelle Befriedigung war farbenblind. Sie versuchte zu schlafen, aber sie konnte nicht. Sie dachte an Charlotte, die sie sehr bewunderte. Ihre frische, unerschrockene Art hatte etwas unglaublich Einnehmendes. Sie beneidete Charlotte um ihre Unerschrockenheit. Ihr Gesicht strahlte eine Offenheit aus, der man sich nicht entziehen konnte.

Sie hatten sich auf einer Bürgerrechtskonferenz am Sarah Lawrence kennengelernt, ein Jahr vor Charlottes Abschluss. Nach dem Studium war Charlotte nach New York City gezogen. (Cheryl hatte noch ein Studienjahr vor sich, aber wenn sie übers Wochenende nach New York fuhr, wohnte sie immer bei Charlotte.) Sie beschlossen zusammenzuziehen, wenn Cheryl mit dem College fertig war. Charlotte war sexuell sehr erfahren. Neben ihr kam sich Cheryl vor wie eine Novizin. Dabei sprachen sie nie über Sex. Sex war kein Thema. Aber sie sprachen viel über Kinder, darüber, was für wunderschöne Kinder Charlotte und Henry bekommen würden, falls sie welche haben wollten. Dabei trat ein fast verzückter Ausdruck in Charlottes Augen. Cheryl aber ging die Beziehung der beiden leicht auf die Nerven. Sie fand Henry zu sanftmütig. Vielleicht, weil sie auf laute, streitbare Männer stand. Oder auch nicht. Vielleicht war Henry einfach so. Aber seine Sanftmut ging ihr auf die Nerven. Sie fand ihn unterwürfig. Und das missfiel ihr. Er fuhr nie aus der Haut, sprach immer im Flüsterton, saß die ganze Zeit in Charlottes Zimmer und schrieb, während Charlotte in ihrem Ladenbüro in Harlem saß und Mieterstreiks organisierte. Irgendetwas stimmte da nicht.

Einmal hatten sie Cheryls Eltern zum Essen eingeladen, und Henry war mit dabei gewesen. Sie saßen gemeinsam in der Küche an dem kleinen runden Tisch, und ihrem Vater kamen immer wieder die Tränen. Für ihn gehörte seine Tochter nicht hierher. Für ihn gehörte seine Tochter nicht zu Charlotte (die ihre freie Erziehung schamlos zur Schau stellte), nicht zu Charlotte und Henry (die ihre freie Sexualität schamlos zur Schau stellten). Als Cheryl ihre Eltern hinterher zum Wagen begleitete, weinte ihr Vater immer noch. Er bat sie, wieder nach Hause zu kommen; er habe erkannt, dass es ein schrecklicher Fehler gewesen war, sie auf das vornehme College zu schicken, damit sie die Erste und Einzige wäre. Seitdem benahm sie sich sonderbar. Seitdem wollte sie ein sonderbares Leben unter sonderbaren, unnormalen Menschen führen. Das war nicht seine Absicht gewesen. Sie sollte eine gute Ausbildung an einem angesehenen (»weißen«) College bekommen. Mehr hatte er nicht gewollt. Er hatte geglaubt, sie würde danach nach Hause kommen, Lehrerin werden, heiraten und in die Wohnung im zweiten Stock ziehen. Stattdessen führte sie nun dieses sonderbare integrierte Leben mit einem käsigen Freedom Rider, der sich für Schwarze geißelte. Das war unnatürlich. Und falsch. Auch er sollte nach Hause gehen. Sie alle sollten nach Hause gehen. Henry sollte in sein Ghetto zurückkehren. Charlotte sollte ihr privilegiertes Landleben weiterführen. Und sie, Cheryl, sollte nach Hause kommen und Lehrerin werden. Alles andere war zu sonderbar, so unaussprechlich sonderbar, dass ihm die Tränen kamen.

Der Abend war ein Reinfall. Cheryl verkroch sich in ihrer Kleiderkammer und versuchte es wieder mit automatischem Schreiben (… Daddy sieh endlich ein dass ich mein eigenes Leben führen muss auch wenn du es nicht verstehst und dann das ewige Gerede über Hautfarbe ich habe mich verändert und muss ich selber sein ich habe mit ganz unterschiedlichen Leuten zusammengelebt auch wenn alle weiß waren und jetzt lebe ich mit Weißen und mit Schwarzen zusammen weil ich herausfinden will wer ich bin und das muss ich einfach tun und …). Und dann klingelte es an der Tür. Merkwürdig. Es war schon nach Mitternacht. Und sie war allein. Henry und Charlotte waren mal wieder bei einer Umbra-Lesung. Sie spähte durchs Schlüsselloch. Es war Alan. Zurück aus dem Gefängnis. Vor der Wohnungstür. Er weinte. »Nein, nicht, nicht anfassen«, sagte er. »Bitte.« Er hatte ihr etwas zu sagen: Er war bei seinen Eltern gewesen. Er wusste jetzt, dass er sie nicht heiraten konnte. Er wusste jetzt, dass er nie mehr in den Süden fahren würde. Es war vorbei. Er war gekommen, um sich zu verabschieden. Es war endgültig vorbei. Er hatte erkannt, dass er kein »Schwarzer« sein konnte. Niemals. Und dann war er fort.

Sie ging in ihr Zimmer und setzte sich hin. Sie schlug *Aufstieg und Fall des Dritten Reiches* auf. Aber sie konnte nichts sehen. Dann *Der Zentaur*: »Hör mir zu, mein Mädchen. Ich liebe dich, ich möchte ein Schwarzer für dich sein … Aber ich kann's nicht. Ich bringe diese Szenario nicht zustande. Eine unzerreißbare Haut hält mich davon ab. Ich bin meines

Vaters Sohn …« Sie hatte die Stelle nie zu Ende gelesen. Sie wusste nicht, dass sie so endete. Sie hatte geglaubt, man könnte jede Haut zerreißen und von vorne anfangen.

Dann dachte sie: Ich muss eine Wohnung weit oben finden, ungefähr im zwanzigsten Stock, wo morgens die Sonne durchs Fenster scheint und ich nicht in einem dunklen, erdrückenden Schacht aufwache. Erst dann kann ich herausfinden, warum Integration in Mode war. Und die Menschen sich eine Zeit lang verstanden. Innerhalb des Schmelztiegels. Innerhalb des Schmelztiegels.

Es ist 1963. Was ist nur aus der Liebe zwischen den Rassen geworden?

Konferenz: Teil I und II

Der Richtige (Konferenz: Teil I)

»Charlie Jones?«

»Ja, Ma'am?«

»Sie sind Freedom Rider?«

»Ja, Ma'am ...«

»Und Sie wurden in Selma zusammengeschlagen?«

»Ja, Ma'am ...«

»Man hat Sie zusammengeschlagen? Trotz Ihrer hellen Haut und Ihrer grünen Augen? Was haben die sich dabei gedacht? Hatten Sie keine Angst?«

»Im Süden muss es schrecklich sein. Haben Sie sich an den Händen gehalten und gebetet?«

»Ja, Ma'am ...«

»Und man hat Sie trotzdem zusammengeschlagen?«

»Ja, Ma'am ...«

»Erinnerst du dich noch, wie wir uns kennengelernt haben? Mein College hat mich zu einer dieser Studentenkonferenzen geschickt. Erinnerst du dich?

Ich hatte keine Ahnung von Bürgerrechten. Ich kam aus New Jersey. Bei einer Plenarsitzung hast du mir gegenüber gesessen. Du wolltest, dass die Konferenz zum Thema Bürgerrechte klar Stellung bezieht … Die ganze Zeit habe ich nur deine Sommersprossen und deine sehr helle Haut angestarrt, bis du mich gefragt hast: ›Wie heißen Sie, junge Frau?‹

›Mildred Pierce‹, antwortete ich. Und darauf du: ›Miss Pierce. Freut mich sehr, Miss Pierce. Ich bin Charles Jones von der Johnson C. Smith University.‹

Ich war irritiert von deinem spöttischen Südstaatentonfall, von der Art, wie du da gesessen, mich mit deinen müden grünen Augen angesehen und ständig Salems geraucht hast; das alles hat mich eingeschüchtert, weißt du noch?«

»Ja, Ma'am …«

»Sie sind also Freedom Riders«, sagte ich.

»Ja, das bin ich, junge Frau. Das bin ich … Und wo studieren Sie, Miss Pierce?«

»Am Skidmore College«, sagte ich. »Ich bin Sprecherin der Erstsemester, deshalb hat man mich zu der Konferenz geschickt.«

»Sieh einer an …«, hast du gesagt und dir eine Salem angesteckt. »Das ist ein ziemlich vornehmes College, Miss Pierce.«

»Ich weiß«, sagte ich. »Und ich bin die erste Schwarze, die dort studiert.«

»Sieh einer an …«

»Dort hat niemand Vorurteile, es ist wirklich toll.«

»Na so was, sieh einer an …«

»Nehmen Sie auch an Sit-ins in Restaurants teil?«, fragte ich.

»Ja, das tu ich, junge Frau. Das tu ich.« Du hast dich am Rauch deiner Zigarette verschluckt und gehustet.

»Das muss ziemlich frustrierend sein«, sagte ich. »Wahrscheinlich tut es gut, zur Abwechslung mal im Norden zu sein.«

»Charlie Jones.«

»Ja, Ma'am …«

»Charlie Jones. Ich war so aufgeregt, als du mich im College besucht hast. Die Mädchen meinten: ›Mildred, er hat Sommersprossen und grüne Augen, und er sieht auch noch unglaublich gut aus! Bist du sicher, dass er wirklich schwarz ist?‹ Ich versicherte es ihnen und erzählte, dass du zusammengeschlagen wurdest und sogar im Gefängnis warst, nur weil du schwarz bist. Die Mädchen waren schwer beeindruckt.«

»Und wie geht es unserer Miss Pierce?«, hast du gefragt.

»Gut«, antwortete ich.

»Seit der Konferenz habe ich oft an Sie gedacht«, hast du gesagt.

»Ach …«, sagte ich. »Sieh einer an …«

»Ja, sieh einer an …« Du hast gekichert. »Und hier, in diesen erlesenen Kreisen, studieren Sie also. Das muss sehr einsam sein.«

»Aber nein«, sagte ich. »Es gefällt mir! Die Mädchen sind wundervoll!«

»Ich muss Sie wohl mit in den Süden nehmen, junge Frau, und Ihnen die Augen öffnen.«

»Gern«, sagte ich. Begeistert. Restlos begeistert. Zu allem bereit. Völlig aus dem Häuschen, dass ein echter Schwarzer mit grünen Augen und Sommersprossen und sehr heller Haut meine erlesene Welt betrat … Ich träumte von Liebe. Liebe. Wahrer Liebe.

»Charlie Jones?«

»Ja, Ma'am …«

»Charlie Jones. Ich habe dich mit nach Hause genommen, um dir meine Eltern vorzustellen. Für deinen Besuch haben sie extra den Esszimmertisch gedeckt und beobachtet, wie du dich benimmst. Begeistert. Restlos begeistert. Dass ihre Tochter mit einem echten Schwarzen zusammen ist. Selbst dass du ein Freedom Rider bist, haben sie dir verziehen. Sie hätten alles getan … um ihre Tochter mit einem echten Schwarzen zusammen zu sehen.«

»Charlie Jones.«

»Ja, Ma'am …«

»Charlie Jones. Die Mädchen im College fanden dich toll (›Er ist so attraktiv, er sieht überhaupt nicht aus wie ein Schwarzer!‹). Meine Eltern fanden dich hinreißend (›Ein gutaussehender Mann‹, sagte mein Vater, ›könnte glatt zur Familie gehören.‹). Aber darum habe ich es ja auch mit dir probiert, stimmt's?«

»Ja, Ma'am …«

»Eines Abends habe ich einfach so gesagt: ›Nimm mich mit auf dein Zimmer, ich probiere es mit dir. Es wird Zeit, dass ich es probiere, und du bist bestimmt der Richtige.‹

Charlie Jones.«

»Ja, Ma'am …«

»Irgendwie will er nicht rein«, hast du gesagt.

»Aber es muss gehen. Du bist der Richtige.«

»Entspann dich ein bisschen«, hast du gesagt.

»Ist gut«, sagte ich. Zu allem bereit. Völlig aus dem Häuschen, dass ein echter Schwarzer mit grünen Augen und Sommersprossen und sehr heller Haut meine erlesene Nähe suchte.

»Irgendwie krieg ich ihn nicht rein.« Du hast gekichert.

»Stoß einfach, so fest du kannst. Ich entspann mich ein bisschen. Das kann ich bestimmt. Du stößt, und ich drücke dagegen. Es muss gehen. Du bist der Richtige. Streng dich an. Du bist der Richtige, das weiß ich genau.«

»Charlie Jones.«

»Ja, Ma'am …«

»Er geht nicht rein …«

»Nein, Ma'am …«

»Trotz deiner grünen Augen …«

»Ja, Ma'am …«

»Und deiner sehr hellen Haut …«

»Ja, Ma'am …«

»Und obwohl du Freedom Rider bist …«

»Ja, Ma'am …«

»Er geht nicht rein …«

»Nein, Ma'am …«

»Dann bist du wohl doch nicht der Richtige …«

Jason
(Konferenz: Teil II)

Ich kann mich nicht genau an diesen Sommer erinnern, Jason. Ich war so einsam. Ich bin zum letzten Mal nach Hause gefahren; danach war mir jede Ausrede recht, damit ich im Sommer wegbleiben konnte. Aber es war der Sommer nach meinem ersten Studienjahr, da schien es nur natürlich, nach Hause zu fahren. Ich jobbte bei der Lightolier Lamp Company in der Reklamationsabteilung. Der Job war das Beste an diesem Sommer. Meine Vorgesetzte war eine schielende Jüdin namens Judy, die den Kunden immer lautstark ihr Mitgefühl zeigte: »Was? Sie haben Ihre Lampen nicht bekommen, aber schon vor zehn Monaten bestellt?! Keine Sorge, Schätzchen. Ich kläre das für Sie ...« »Was? Ihre dreiarmige Stehleuchte ist kaputt angekommen? Nicht aufregen, Schätzchen, überlassen Sie das mir. Morgen haben Sie eine neue ...« Dann legte sie den Hörer auf, zwinkerte mir zu und sagte: »Schätzchen, sieh zu, wie du den armen Leuten helfen kannst, ich hol mir eben mal Kaffee.« Ihr Schreibtisch war ein Durcheinander von Beschwerden über defekte Lampen, verloren gegangene Bestellungen, nicht zugestellte Waren, falsche oder unvollständige Lieferungen ... Ich versuchte aus ihr herauszubringen, wen ich anrufen, welche Formulare ich ausfüllen, welche Abteilung ich benachrichtigen sollte ... »Lass mich schnell meinen Kaffee holen, Schätzchen, dann erklär ich dir alles, was du wissen musst ...« Mir gefiel der Job. Ich fand es schön, wenn ich beim Telefonieren kompetent, einfühlsam und beruhigend auf die Leute wirkte ... »Das kann ich bestimmt für Sie klären, Miss ...« und ich war zugleich empört und amüsiert, dass ich eigentlich nie etwas klären konnte. Nach der Arbeit ging ich nach Hause. Aß zu Abend. Saß hinterher auf der Veranda und las meinem Vater vor, der beunruhigt und traurig war, weil ich keine Freunde hatte. Ich glaube, ich las den ganzen Sommer über Dostojewskis *Verbrechen und Strafe*. Ich sehe noch vor mir, wie ich das Buch mit zur Arbeit nahm und in der Mittagspause las. Wie ich abends auf der Veranda saß und weiterlas, während mein Vater unruhig auf und ab ging, mich beobachtete und ständig von mir wissen wollte, ob ich unglücklich sei. Nein, sagte ich lächelnd und versuchte mich auf Raskolnikow zu konzentrieren. Der einzige Lichtblick war die nationale Studentenkonferenz in Minneapolis, zu der mich mein College als Delegierte absandte. Aber sie fand erst Ende August statt … Mein erster Flug. Das Boarding ging schnell, doch dann saßen wir eine Ewigkeit in der Maschine, bevor sie endlich startete. Ich konnte meinen Vater auf der Terrasse sehen. Er wartete geduldig. Er konnte mich nicht sehen. Ich winkte die ganze Zeit, und manchmal winkte er auch, obwohl er mich nicht sehen konnte. Ich weinte. Ich wünschte, ich könnte mich erinnern, wo ich dir zum ersten Mal begegnet bin … Während ich packte, sagte mein Vater, dass du auch auf der Konferenz sein würdest, aber ich hatte nicht vor, nach dir zu suchen. Ich kann mich nicht erinnern, wo ich dir begegnet bin. Ich glaube, es war in der Cafeteria, aber vielleicht bilde ich mir das nur ein, weil wir uns später oft dort trafen … Ich weiß noch, dass ich mir zu braun vorkam neben dir, mit deinem fast albinohaften Äußeren. Und dass ich sehr schnell erkannte, wie nett du warst. Ich weiß nicht, was du an mir gefunden hast. Ich hatte kein Gespür für Kleidung (bis heute nicht). Es war heiß, und meine Frisur war schnell dahin. Und schon damals zeigte sich um mein Kinn der Ansatz eines hässlichen Damenbarts, der mich jahrelang ärgerte. Ich erinnere mich noch an ein Kleid, ein weißbraun kariertes Sommerkleid mit passendem Pullover. Es war zu lang. Ich hatte es an, als wir auf dem Jahrmarkt waren, und ich weiß, dass ich es an dem Abend trug, als ich für dich tanzte. Der Abend, als ich für dich tanzte. Wieso erinnere ich mich an ein so banales Ereignis? Wir gingen spazieren, und plötzlich fing ich an zu tanzen. Keine Ahnung, warum; das sah mir gar nicht ähnlich. Ich wollte einfach aus meiner farbigen Haut heraus und dich zum Lachen bringen … Wieso erinnere ich mich an ein so banales Ereignis? Wir verabschiedeten uns. Wir sahen uns nie wieder. Einmal erwähnte mein Vater, dass du nach Washington gezogen und Arzt geworden bist, geheiratet hast. Doch das alles schien mir nicht wichtig. Es lief so gut zwischen uns …

Die glückliche Familie

»Aber sie kam doch aus einer glücklichen Familie …«, sagte mein Freund, »… ich begreife einfach nicht, warum ihr Leben eine so traurige Wendung nahm, wo sie doch aus einer so glücklichen Familie stammt …« Und ich musste zugeben, dass diese Frage auch mich vor Rätsel stellte. Sie stieß mich auf eine besondere Zeit in meinem Leben, die ich unter Menschen verbracht hatte, die ich nur als wirklich glückliche Familie bezeichnen kann. Ihre Geschichte zog noch einmal vor meinem inneren Auge vorbei. Ich zögere, sie zu erzählen, sie nimmt in meiner Erinnerung allzu sonderbare Wege. Aber die Vorstellung von der glücklichen Familie hat mich schon immer gefesselt, dieses bemerkenswerte Aufeinanderprallen ganz unterschiedlicher Persönlichkeiten: Vater, Mutter, Kinder, die manchmal rein zufällig zusammenpassen; diese Gemeinschaft, die den Jungen ein eindrucksvolles Umfeld bietet, in dem sie glänzen, gedeihen und sich im Schutze einer strengen, liebevollen Hand erproben können, auf die immer Verlass ist. So umsorgt zu werden, Tag für Tag nur Trost und Liebe zu erfahren, sein Zuhause als glücklichen Ort zu erleben, wo sich Freude und Gerechtigkeit begegnen – das erschien mir immer als das denkbar größte Geschenk. Ich selbst habe mich stets nach einem solchen Ort gesehnt, und so geht es wohl den meisten von uns, deren Kindheitserinnerungen aus tiefen seelischen Wunden bestehen und mit Scham und Furcht behaftet sind. Ich kannte nur eine wirklich glückliche Familie. Vielleicht ist ihre Geschichte erzählenswert.

Ich muss an einem ungewöhnlichen Ort beginnen: eine Versammlung von Bürgerrechtlern in einer Kirche irgendwann Anfang der 1960er, die ich als Zuschauer mit der Tochter und dem Sohn der Familie besuchte, von der ich erzählen will. Die Tochter hieß Marguerita und der Sohn Andrew, und ich war seit vielen Jahren ein guter Freund ihrer Eltern. Marguerita fuhr in Kürze als Helferin bei der Wählerregistrierung in den Süden und hatte mich schon oft gebeten, sie zu einer dieser Versammlungen zu begleiten. Sie wollte unbedingt, dass ich meine Bedenken gegen ihre Entscheidung aufgab und ihre Begeisterung teilte. Marguerita war damals etwa neunzehn, und sie erfüllte mein Herz mit so viel Wärme und Zuneigung, dass ich mir nur ihr strahlendes Lächeln, ihr herzliches, munteres Wesen, ihre unerhörte Wissbegier und Begeisterung ins Gedächtnis rufen muss, und etwas zerbricht in mir. Sie war sehr hell, und hätte sie nicht unermüdlich darauf hingewiesen, wäre niemand darauf gekommen, dass sie eine Schwarze war. Dickes rotbraunes Haar, dazu die blauen Augen und die reine strahlende Haut ihrer Mutter, als wären die beiden von edler kreolischer Abstammung, die sich bei den meisten Schwarzen nur noch in einem intensiven Schimmern zeigt. Andrew sah nicht minder umwerfend aus: mit siebzehn schon über eins achtzig groß, muskulös gebaut, schwarzes, krauses Haar, bronzefarbene Haut und helle, durchdringende Augen, die ihm etwas Einschüchterndes verliehen. Fantastische Kinder: offen, unbefangen, selbstsicher, humorvoll, immer zu Scherzen aufgelegt und sich ihrer Verantwortung bewusst, eine gerechtere Welt zu schaffen. In ihrer Gegenwart meinte man, alles sei möglich, sie verströmten einen Zauber, dass sogar mein verstocktes Herz sich öffnete und einfach glauben musste.

Bei unserer Ankunft sprach Bayard Rustin – dieser Veteran der Bürgerrechtsbewegung –, und seine Rede weckte in mir Erinnerungen an Schlafwagenschaffner, Kuba, das Werben der Kommunisten um schwarze Intellektuelle und so viele andere Episoden aus früheren Zeiten, dass ich Marguerita und Andrew für eine Weile vergaß und in der Vergangenheit schwelgte. Ich weiß nicht mehr, was mich in die Gegenwart zurückholte, doch als ich aufblickte – die Reden waren gehalten, hier und da unterhielten sich Leute in Grüppchen –, sah ich, dass Andrew bei einem jungen Mädchen stand. Sie wirkte verängstigt; ich kann nicht sagen, warum, aber manchmal wecken Fremde augenblicklich meine Zuneigung, und so war es auch bei ihr. Ich konnte den Blick nicht von den beiden wenden: Andrew, ganz selbstbewusst und ausgelassen, neben diesem ernsten Mädchen, das weder hübsch noch reizlos war, nur kindlich und ernst. Ich sah, dass er mit ihr flirtete – er flirtete gern – und dass sie kaum ein Wort herausbrachte, überwältigt von seiner Heiterkeit und seinem Charme. Schließlich gesellte sich Marguerita zu ihnen, Andrew stellte die Mädchen einander vor, und die drei unterhielten sich. Nach einer ganzen Weile blickte sich Marguerita in der Kirche um. Ich wusste, dass sie mich suchte, und ging rasch zu ihnen hinüber.

»Entschuldigt …«, sagte ich, »ihr habt mich vielleicht nicht bekehrt, aber ich habe mich wunderbar mit meinen Erinnerungen vergnügt …«

»Hat dir Julian Bond gefallen?«, fragte sie. »Und war Forman nicht sagenhaft gut? Jetzt verstehst du, warum ich gehen muss, nicht wahr?«

Sie war so damit beschäftigt, mich zu überzeugen, dass sie das Mädchen und Andrew vergaß, bis sie sich ihnen plötzlich wieder zuwandte.

»Frank, du musst unbedingt Christine kennenlernen. Andrew hat sie mitgebracht …« Und sie lachte ihr wunderbares, ansteckendes Lachen. »Sie übernachtet heute bei uns und fährt morgen früh wieder ins College. Und weißt du was? Sie geht im Sommer auch in den Süden … Ich bin so aufgeregt, ich kann's kaum erwarten. Ich dachte, ich würde dort niemanden kennen, und dann begegnet Andrew diesem vollkommenen Mädchen.« Ihre Aufregung begleitete uns bis zur Wohnung der Familie am Riverside Drive.

Lillie öffnete die Tür. Wenn ich die Eltern genauso ausführlich beschreibe wie die Kinder, handle ich mir unweigerlich den Vorwurf ein, ich hegte unanständige Gefühle für die ganze Familie. Und diesen Vorwurf lasse ich mir gern gefallen. Denn im Stillen war ich in alle vier verliebt. An Lillies Gesicht konnte ich mich gar nicht sattsehen. Es war von einer wandelbaren Schönheit, ruhig und heiter, offen und verschlossen. Ihr Haar war wie Andrews schwarz, frisiert zu einem wunderbaren, dicken Knoten, der ihre feinen Züge zur Geltung brachte. Sie war ein wenig dunkler als Marguerita, ein reiner, strahlender Bronzeton, und in ihrer Gegenwart fühlte man sich, als schiene die Sonne auf einen herab. Ralph, der Vater und mein Freund seit Kindertagen, entsprach ganz dem Bild des seriösen, gutaussehenden Professors – er lehrte damals Geschichte an der Columbia University. Hellhäutig, dunkles, krauses, ganz kurz geschnittenes Haar, Brille, dazu eine schöne Nase und eine breite Stirn, die ihm den würdevollen Ausdruck des

Gelehrten verliehen, und trotz aller Seriosität gesegnet mit einem überaus warmherzigen Humor. Wenn ich im Geiste die Wohnung betrete, überkommt mich noch heute eine schmerzliche Wehmut. Das Leben bekam so viel Farbe, dass man sich im Mittelpunkt des Universums wähnte, alles Gute war möglich, jedes positive Gefühl hatte seinen Raum, man durfte jede Torheit äußern, ohne dass man Kränkungen oder Ablehnung fürchten musste. Es war herrlich. Ich sage Ihnen, es war einfach herrlich!

Ich erinnere mich noch, dass wir an jenem Abend beisammen saßen – lange, bis tief in die Nacht – und uns über Bürgerrechte, Psychiatrie, Dummheit, Musik, Hingabe, Freiheit, Gedichte, Träume unterhielten. Es war eine der Nächte, in denen das Gespräch alle Beteiligten in einen dicken, mutterleibähnlichen Kokon einspinnt, bis man vom vielen Reden betrunken, ekstatisch, satt und glücklich ist. Als ich aufbrach, war es kurz vor vier. Lillie und Ralph gingen gerade zu Bett. Andrew und Christine saßen auf dem Sofa, ganz in ihr Gespräch vertieft. Marguerita hörte *These Foolish Things* von Billie Holiday und tanzte dazu. Auf dem Nachhauseweg waren mir die Gespräche – Gespräche voller Feuer und Leidenschaft – immer noch frisch und lebendig im Gedächtnis. Lillie war begeistert gewesen, Christine kennenzulernen, begeistert, dass wenigstens noch eine andere Schwarze in Margueritas Alter in den Süden fuhr.

Und da die Welt nun mal ein Dorf ist, stellte sich heraus, dass Ralph und Lillie seit vielen Jahren mit Christines Eltern bekannt waren. Meine Gedanken sprangen zu einem Punkt in der Unterhaltung, als Christine sich plötzlich mit ihrem scharfen Verstand zu Wort meldete, den entscheidenden Punkt benannte und ihn mit einer Klarheit und Bestimmtheit zum Ausdruck brachte, dass wir alle staunten. Und dann lachte sie. Nicht das herzhafte Lachen, mit dem Marguerita einen ihrer Glanzmomente gekrönt hätte. Christine nahm sich mit ihrem Lachen zurück, nahm sich zurück, als wäre einem von uns dieser großartige Abschluss einer kontroversen Diskussion gelungen. Ich richtete den Blick auf sie. Sie trug das Haar zu zwei Zöpfen geflochten und war ungeschminkt, und doch hatte sie nichts von einem jungen Mädchen. Dabei war sie nicht älter als Marguerita. Beide waren damals im zweiten Studienjahr, aber in Christines Gesicht lag nicht ein Hauch von Unbeschwertheit. Ich habe sie erst kürzlich wiedergesehen, sie ist jetzt eine Frau in den Dreißigern, und ich finde sie sehr schön. Sie trägt immer noch geflochtene Zöpfe, die weich um ihren Kopf liegen, verzichtet immer noch auf Make-up, und sie sieht viel jünger aus, wie eine Frau Anfang zwanzig. Ihr Lachen klingt viel befreiter. Damals, bei unserer ersten Begegnung, war sie mit ihren ernsten, strengen Zügen nicht besonders hübsch.

Christine und Marguerita fuhren also in den Süden. Andrew stieg mit seinen siebzehn Jahren auf sein altes Rad und fuhr durchs ganze Land, schickte wunderschöne Briefe aus Kansas, Oregon, New Mexico, Kalifornien. Lillie las sie mir vor, zusammen mit Margueritas begeisterten Erlebnisberichten aus dem Süden, wo sie sich mit ihren Wurzeln verband, ihre tiefe Verbundenheit mit der Seele ihres Volkes entdeckte. Was soll ich sagen, damit Sie Lillie so deutlich vor sich sehen, wie ich sie heute noch sehe, gebannt über die Briefe ihrer Kinder gebeugt, begierig auf jede Beobachtung, jede Empfindung? Sie selbst war in Boston aufgewachsen, als Tochter und Enkelin von Revolutionären vom Schlage eines DuBois. Von klein auf war sie von großen Ideen umgeben gewesen und dem Kampf, sie zu verwirklichen. War mit dem Bewusstsein großgeworden, zur Elite zu gehören, zu den Wegbereitern des politischen und gesellschaftlichen Wandels zu gehören. Und dieses Bewusstsein, auserwählt zu sein, politische und gesellschaftliche Verantwortung zu tragen, hatte sie an ihre Kinder weitergegeben. Marguerita trat rasch und bereitwillig in ihre Fußstapfen. Ganz anders Andrew, der wie sein Vater zum einsamen Philosophieren neigte. Ralph, der lieber tagelang ein Buch las oder über ein Problem nachdachte. Ralph, dessen Liebe zu seinen Kindern ihren Ausdruck in Campingausflügen, Wanderungen, Angelnachmittagen und Segeltörns fand. Ralph, der sich mit vierzig einer Analyse unterzog, um empfindsamer, offener zu werden. Aber das ist eine andere Geschichte. Oder ist das Teil der Geschichte? Wie weit muss ich ausholen, damit Sie die Zusammenhänge verstehen? Ich kannte Ralph schon seit so vielen Jahren. Er war geradlinig, ehrgeizig, bildungshungrig. Er und Lillie hatten '42 geheiratet, gleich nach seiner Entlassung aus der Navy. Ihm fehlte die elitäre Prägung, die Lillie ihre Anmut und ihren Charme verlieh. Er war irgendwo im Süden von New Jersey aufgewachsen, als Sohn einer Arbeiterfamilie, und hatte sich jeden Erfolg hart erkämpfen müssen. Selbst in der Zeit, die ich hier schildere, gab es im Hochschulbetrieb kaum Schwarze, und er litt sehr darunter, litt unter dem ständigen Druck, besser sein zu müssen als andere, um als Gelehrter anerkannt zu werden. Ralph, der jeder Begebenheit etwas zutiefst Komisches abgewinnen konnte und seine Familie damit zum Lachen brachte.

Ich glaube nicht, dass Ralph und Lillie einander liebten. Das gehört zu den kleinen Ironien, die ich nicht unerwähnt lassen darf. Ich glaube sogar, dass die beiden im Grunde nicht zueinander passten. Ich glaube, Lillie war kalt. Kalt, was das Sexuelle betrifft. Und Ralph war wohl ein leidenschaftlicher Mensch, aber gehemmt. Aber wie, mögen Sie sich jetzt fragen, konnte aus dieser Verbindung eine so bezaubernde, glückliche Familie hervorgehen? Ich weiß es nicht.

Vielleicht konnten sie ihre Gefühle nur ausleben, indem sie ihre Kinder mit Liebe überschütteten. Vielleicht müssen sich Eltern auch vom Ideal einer rundum erfüllten Partnerschaft lösen, um ihren Kindern Liebe zu geben. Ich kann es nicht sagen. Eines aber weiß ich: Wenn man die Wohnung betrat, empfing einen das pralle Leben, man tauchte ein in eine Atmosphäre der Neugier und Offenheit, der Großherzigkeit, man blühte innerlich auf und war froh, auf der Welt zu sein.

Christine und Andrew verliebten sich ineinander. Alle Aufmerksamkeit richtete sich darauf, als die beiden Mädchen aus Mississippi zurückkamen. Ich war nicht überrascht. Andrews Auftreten war derart imposant, dass auch ich mich oft von ihm einschüchtern ließ. Er gehörte zu den Menschen, denen man ungeachtet ihres Alters Respekt entgegenbringt. Er besaß die Fähigkeit, sich ganz auf den Moment zu konzentrieren, ließ sein Charisma spielen und beherrschte den Raum, dass man mitunter fast erschrak. Christine hing an ihm wie an einem Welpen. Ihr Gesicht bekam einen völlig neuen Ausdruck. Wenn sie lachte, zeigten sich kleine Fältchen, und zum ersten Mal lösten sich ihre strengen Züge. Ich trage die Erinnerungen an ihre junge Liebe immer bei mir. Ich würde alles dafür geben, könnte ich noch einmal erleben, wie sie frei und unbefangen zur Tür hereinstürmten und die Wohnung mit einem solchen Glanz, mit so viel Kraft und Wärme erfüllten, dass einem ein Schauer über den Rücken lief … Gemischte Gefühle stellten sich dabei ein … Mein Gott, dachte man, das Leben wird die beiden trennen, sie auseinanderreißen, dabei sollten sie für immer zusammenbleiben, innig verbunden in blindem Vertrauen zueinander – ach, könnte doch alles so bleiben, wie es ist. Und ich sage Ihnen, in meiner Fantasie haben die beiden sich nie verändert …

Ich lernte Christines Eltern kennen, als sie die ganze Familie zum Essen einluden und meine Freunde darauf bestanden, dass ich sie begleitete. Christine wohnte in einem herrlich alten, großen Haus in Connecticut. Ihr Vater war Politiker und saß im Parlament, ihre Mutter war Hausfrau. Von Anfang an herrschte eine furchtbare Stimmung. Angespannt. Beklemmend. Nicht eine Spur von der fröhlichen, spontanen Leichtigkeit, die eine glückliche Familie ausmacht. Andrew wäre beinahe davongelaufen. Er hasste Christines Vater vom ersten Augenblick an, sein strenges, dominantes Auftreten, sein kultiviertes, aber engstirniges Wesen. Christine war beschämt. Sie hatte so sehr gehofft, ihr Vater würde lachen, heiter sein; es schien, als würde ihr zum ersten Mal bewusst, wie traurig und bedrückend ihre Kindheit gewesen war, und sie wünschte sich sicher sehnlichst, sie wäre anders aufgewachsen. Als wir aufbrachen, waren wir ernüchtert, aber auch erleichtert.

In den zwei Jahren, die ihre Liebe währte, ließen Christines Eltern ihrer Tochter keine Ruhe. Sie entwickelten eine tiefe Abneigung gegenüber Lillie und Ralph, behaupteten, sie übten einen schlechten Einfluss auf ihre Tochter aus. Sie lehnten Andrew ab, mokierten sich über den Altersunterschied und redeten Christine schreckliche Schuldgefühle ein, weil sie sie verlassen habe. Manchmal kam sie nach einer heftigen Familienauseinandersetzung aufgewühlt und mit verweinten Augen in die Wohnung. Ihr Vater war ein Meister der Überredungskunst, und auf seine herrschsüchtige Art liebte er Christine über alles. Aber ihm fiel nichts anderes ein, als immer härter durchzugreifen, und dadurch trieb er seine rebellische Tochter nur weiter von sich fort. Als Christine und Andrew sich trennten – das war kurz nach ihrem Examen –, ging sie ins Ausland. Erst Jahre später kehrte sie zurück.

Ich wollte nicht so weit vorgreifen. Trotz des Krachs mit ihren Eltern war Christine glücklich. Sie und Andrew versprühten eine Energie, die ich nur schwerlich angemessen schildern kann. Das zauberhafte Weihnachtsfest, als wir ein altes Blockhaus in Vermont mieteten und Weihnachtslieder singend durch den Schnee stapften, bis wir heiser waren; die fröhlichen Abende vor dem knisternden Kamin, an denen wir geistreiche, glänzende Gespräche führten und ich mich fühlte wie der glücklichste Mensch auf

Erden; die Wettrennen, die wir nachts um vier auf dem Riverside Drive veranstalteten (Andrew war immer der Schnellste); und wenn ich mich damit begnüge, dann, damit Sie sich folgende Szene einprägen, die mir so lebhaft im Gedächtnis geblieben ist: Das riesige, wunderbare Wohnzimmer hoch oben im zweiundzwanzigsten Stock eines alten New Yorker Wohnhauses mit Blick auf den Hudson River. Da ist Christine mit ihrem strahlenden, kindlichen Gesicht, sie liegt auf dem Bauch zu Andrews Füßen und kichert in sich hinein. Da ist Marguerita in einer verrückten Zigeunertracht, laut lachend stürmt sie mit ein paar Straßenkatzen herein und teilt uns mit, dass wir morgen früh um sieben vor der Chase Manhattan Bank demonstrieren. Und da ist Ralph, in der Anfangsphase seiner Psychoanalyse, als er noch fest daran glaubte, er könne sich vom doppelten Trauma der Rasse und einer überstrengen, fordernden Mutter heilen. Und Lillie. Beseelt von der Heiterkeit, dem ewigen, schillernden Zauber wie eine Königin auf ihrem rechtmäßigen Thron. Es war herrlich. Ich sage Ihnen, es war einfach herrlich.

Und dann war es vorbei. Andrew gierte nach Leben, und der Altersunterschied zwischen ihm und Christine wurde zum Problem. Die beiden trennten sich; sie zog nach London. Er streifte umher, ein ruheloser Schwärmer auf der Suche nach Antworten, der sich dem strengen akademischen Denken verweigerte. Dann klingelte eines Tages das Telefon, und er war tot. Ein Motorradunfall in North Dakota. Wahrscheinlich greift meine Darstellung zu kurz, denn auch Margueritas Geschichte ist schnell zu Ende erzählt. Sie ließ sich in jungen Jahren auf eine Ehe mit einem Mann ein, der so wenig zu ihr passte, dass ihre Lebensfreude für immer verloren ging. Und Ralph. Ralph widerfuhr etwas Entsetzliches. In der entscheidenden Phase seiner Analyse starb sein Analytiker und ließ ihn als zerrissene Persönlichkeit zurück. Niemand konnte ihn heilen. Er ist ein gebrochener Mann. Und Lillie verblühte. Ihre Kinder waren das Blut, aus dem ihr temperamentvolles Wesen seine Lebenskraft schöpfte, und als die Familie auseinanderbrach, zog sie sich in die Vergangenheit zurück und kehrte nicht wieder.

Und das ist das Ende der Geschichte. Warum nur habe ich das Gefühl, ich hätte sie falsch erzählt? Vielleicht steht es mir nicht zu, sie zu erzählen. Ich sollte sie Lillie erzählen lassen oder Ralph oder Marguerita; vielleicht würden sie Facetten hinzufügen, die sie in ein klareres Licht rücken. Ihnen zum Beispiel erklären, dass ihre helle Haut damit zu tun hatte, dass Rasse eine Rolle darin spielt, die ich vernachlässigt habe; vielleicht würde Ralph sagen, dass ein Weißer gar nicht erst versuchen sollte, diese Geschichte zu erzählen. Schon möglich. Diesen Vorwurf lasse ich mir gerne gefallen. Aber Lillie wäre glücklich, dass ich sie so erzählt, mich auf die heiteren Momente konzentriert und ihnen Glanz verliehen habe. Und ich will nur Lillie gefallen.

Treatment für eine Story

Ein Zimmer im Erdgeschoss, voll mit Kisten, Kartons, Büchern, Zeitungen, Zeitschriften, Notizheften und Bildern. Es riecht nach Gauloises, verbranntem Kaffee, ungewaschenem Bettzeug, Couscous und Paprikaschoten, nach Frau. Ein vergittertes Fenster zum Hof. Es regnet. Ein Taxi hält. Sie steigt aus und rennt ins Haus. Wir warten. Er kommt, um ihr Gepäck zu holen. Das Taxi fährt weiter. Er trägt die Koffer ins Haus. Sie umarmen sich. Sein bordeauxroter Rollkragenpullover klebt ihm an der Haut und riecht nach frischem Schweiß, die weichen, spitzen Schuhe riechen nach Gelegenheitssex (flüchtig, wie ausgeatmeter Zigarettenrauch). Er schließt die Tür. Es gießt in Strömen. Er stellt das Gepäck ab. (Irgendwo.) Sie setzen sich aufs Bett. Regen prasselt ans Fenster. Die Nässe erregt sie. Ebenso die Kälte, das Durcheinander, der muffige männliche Geruch. Dem sie ihr Geschlecht hinzufügt, ihr nasses Haar und den unaufdringlichen Duft von Eau de Toilette. Hitze steigt aus der Pfeife auf, die locker in seinem Mundwinkel hängt, und aus dem Gemurmel, das er von sich gibt, wenn ihr Gespräch stockt.

Als ob da noch ein anderes Gespräch wäre, das er mit sich selbst führt ... Sich selbst. Während es draußen in Strömen gießt. Er geht Lebensmittel einkaufen. Sie rollt sich auf dem Bett zusammen. Zieht das ungewaschene Laken über sich und döst ... Döst, bis das Zimmer sie weckt, sie mit seinem Durcheinander überwältigt, seinen vollgeschmierten Heften, seinen Gedichten und Briefen an sich selbst ... Sich selbst ... Der Geruch seiner Selbstgespräche kriecht ihr unter die Haut, hält sie wach. Als ob sie nicht hierher gehörte. Er kommt zurück. Hitze steigt aus den gedünsteten Paprikaschoten auf und aus dem dampfenden Couscous, das er zubereitet.

Hitze steigt aus dem verbrannten Kaffee auf, den er ihr bringt. Die Hitze steigt. Der muffige männliche Geruch überlagert alles. Er legt sich zu ihr. Jetzt kann sie schlafen. Morgen. Das Zimmer ist tief und dunkel.

Sie geht spazieren. Saugt den frischen, klaren Geruch nach einer Regennacht in sich auf. Sie geht und geht. Sie benetzt ihre Zunge mit dem scharfen Lakritzgeschmack von Pernod. Süßt ihren Magen mit Croissants. *Chauds. Avec du beurre et de la confiture.* Sie sucht die Sonne, die sich in einem schläfrigen, abgeschiedenen Garten verbirgt. Um Blumen, warme Erde, nasses Gras zu atmen, um sich den unaufdringlichen Duft von Eau de Toilette zurückzuholen. Dann kehrt sie zurück in das Zimmer im Erdgeschoss. Wo der Regen ans Fenster prasselt. Wo sie vom flüchtigen Geruch seiner weichen, spitzen Schuhe überwältigt wird. Vom hingeschmierten Duft seiner Notizen, seiner Gedichte und Briefe an sich selbst. Sich selbst. Er hämmert in die nassen Tasten der Schreibmaschine. Sich selbst. Macht sich endlose Notizen. Sich selbst. Legt die Pfeife weg. Sie streckt sich auf dem ungewaschenen Bettzeug aus. Er zündet sich eine Gauloise an und legt sich zu ihr. (Sein Geruch muss intensiv sein, physisch. Er muss sie in sich aufsaugen.) Sie leckt ihn zärtlich, tauscht den scharfen Lakritzgeschmack auf ihrer Zunge gegen den muffigen Salzgeschmack seines Körpers. Hitze steigt aus seinem Stöhnen auf. Die Hitze steigt. Eine rundum gelungene Vereinigung lässt sie erschauern. Reines Glück. Ihr Rücken drückt sich durch. Reines Glück. Sie zittert am ganzen Körper. Ihr wird ganz leicht. Reines Glück. Von unten breitet sich feuchte Schläfrigkeit aus. In ihren Träumen regnet es. Das Taxi hält und lässt sie aussteigen. Sie reibt ihre Nase an einer dicken Wildlederweste, die säuerlich riecht und warm. Hitze steigt aus seinem undurchsichtigen, ausdruckslosen Blick auf. Er löst sich von ihr. Macht sich schnell eine Notiz. Regen läuft ihr über den Rücken. Morgen. Das Zimmer ist tief und dunkel. Sie geht spazieren. Genießt die Sonne. Befreit sich vom

Durcheinander. Seinem Durcheinander. Sie atmet tief ein und knöpft den Regenmantel auf. Sie lächelt einem Fremden zu. Sie trinkt zwei frischgepresste *jus d'oranges. Oui. Deux.* Und lässt die Süße über ihre Zunge schwappen. Bis sie nicht mehr zurückgehen kann.

Der Regen lässt nicht nach. Die hingeschmierten Notizen kriechen ihr unter die Haut. Alle Hitze ist eingeschlossen in seinem merkwürdigen Gemurmel, seinen unergründlichen Gesprächen mit sich selbst. Sich selbst. Dort gibt es nichts zu holen. Nicht mal eine heiße Dusche.

Rückzug

Ich bilde mir nichts darauf ein, aber ich war die erste Farbige, die er ernsthaft als Geliebte in Betracht zog. Das weiß ich. Die erste, die über das Savoir-faire verfügte, das ihm so unermesslich wichtig war. Die erste mit Stil, Geschmack, Eleganz, Witz und einem Faible für Lyrik und Haute Cuisine. Eine Farbige mit Stil ist nämlich immer noch die Ausnahme, und eine Farbige, die Stil, Geschmack, Eleganz und Witz mit einem Faible für Lyrik und Haute Cuisine verbindet, muss man wahrlich mit der Lupe suchen. So etwas lässt sich nicht anerziehen.

Ich jedenfalls kenne nicht eine, die so ist wie ich, nicht eine mit einem so feinen Gespür für Kunst, Musik, Theater, Menschen, Orte, Räume, Stimmungen, Kleidung, korrektes Benehmen, das passende Wort im passenden Moment … Als wäre ich allem Rohen und Unkultivierten irgendwie entkommen. Als hätte ich meine schwarze Herkunft (metaphorisch gesprochen) in die Hand genommen und nach meinem Wesen geformt … Um dann wie eine neue Schmetterlingsart aus dem Kokon zu schlüpfen.

Ich möchte gar nicht so viele Worte darüber verlieren, aber wenn man zu mir sagt: »Du siehst dich gar nicht mehr als Farbige! Hast du denn vergessen, dass du schwarz bist?«, komme ich ins Grübeln. Dann fülle ich viele Seiten in meinem Tagebuch, um mir in Erinnerung zu rufen, dass ich eine farbige Frau bin. Ich versuche mich zu zügeln. Aber jedes Mal stelle ich wieder mit Erstaunen fest, wie wenig farbig ich doch bin.

Darum weiß ich, dass sein Erstaunen umso größer war. Anfangs stellte er mir kleine Fallen. Er hielt mir einen ellenlangen Vortrag über Baudelaire und rechnete mit bravem, ahnungslosem Nicken. Er holte sein bestes Porzellan und Silberbesteck heraus und beobachtete mich, während ich den Tisch für ein großes Diner eindeckte. Er nahm mich mit zu Vernissagen und in exklusive Salons und lauerte auf kleine Unachtsamkeiten: zu lautes Lachen, Fehler in der Aussprache, eine grobe Bemerkung in einer heiklen Situation. Am Ende war er immer verblüfft, hingerissen von meinem glanzvollen Auftreten, von meiner lässigen, souveränen Eleganz, die so vollendet zu seiner viktorianischen Welt passte, sich wie von selbst in das mondäne Farbigenleben einfügte, das er sich mit größter Sorgfalt geschaffen hatte.

Natürlich hatte es auch weiße Frauen gegeben. Aber das war zu offensichtlich. Eine allzu vulgäre Form der Kompensation. Niemand sollte ihn für anbiedernd halten, ihn und seinen Lebensstil mitleidig belächeln. Er wäre an dem Schmerz zerbrochen, die Demütigung hätte eine Seele zerstört, die durch ihre Wiedergeburt als Schwarzer ohnehin bereits verstümmelt war. (Kann man sich eine schlimmere Verstümmelung, ein schlimmeres Karma vorstellen, denn als Schwarzer wiedergeboren zu werden? Obendrein als Schwarzer mit aristokratischen Neigungen, die selbstverständlich ein Überbleibsel waren … es wandert immer etwas von einem Leben mit ins nächste …) Weiße Frauen kamen für ihn nicht mehr infrage.

Stattdessen kultivierte er eine jungenhafte Asexualität, die Männer ebenso faszinierte wie Frauen. Auch ich war bei unserer ersten Begegnung fasziniert. Von seiner jugendlichen Nonchalance, der reinen, hellen Haut und den sanften Augen … Wir aßen auf der Terrasse vom Museum of Modern Art zu Mittag und gaben einander Kostproben unseres erlesenen Geschmacks in Sachen Bücher, Filme, Musik, Theater und so weiter. Zwischendurch lächelten wir uns an, als gäbe es genügend Gründe, Frieden zu schließen.

In der Woche darauf lud er mich zum Essen zu sich aufs Land ein. Ich stellte mir ein einfaches Haus mit rustikalem Charme vor, vielleicht mit ausgestopften Elchköpfen über dem Kamin. Nie hätte ich damit gerechnet, dass er in solcher Pracht lebte. Dass er seine Zeit zwischen marmornen Ruinen, antiken griechischen Büsten, klassizistischen Gemälden italienischer Meister, viktorianischen Samtsofas, Wandmalereien aus der Renaissance verbrachte, war fast ein bisschen viel für mich. Eine winzige farbige Regung entwischte mir … »Das gibt's doch nicht!«, stieß ich hervor, doch es gelang mir, meine Worte im letzten Moment in Charme zu hüllen. Er honorierte die kleine Geste und war entzückt.

Ich kochte ihm Coquilles St. Jacques (dazu tranken wir einen 1970er Pouilly-Fuissé). Zum Dessert gab es gefüllte Crêpes mit frischen Erdbeeren. Ein Botticelli schimmerte anmutig im Kerzenlicht.

Nach dem Essen spazierten wir durch den Park hinunter zum Fluss. Es war Vollmond. Sein schwarzes, krauses Haar glänzte. Er wirkte nonchalant und jungenhaft wie nie. Wir küssten uns. Kein unangenehmer Zungenkuss. Kein gieriges, speichelndes Abtasten meiner Mundhöhle. Er konzentrierte sich auf meine Lippen, öffnete sie behutsam, hielt inne und gab sie wieder frei. Um sie sogleich erneut sanft und spielerisch zu liebkosen. Wir standen lange unter dem Spalier, wo im Frühling gelbe Rosen blühen. Tauschten zarte Küsse.

Es war wundervoll. Bezaubernd. Bis es in meinen Brüsten kribbelte … Ich stellte mir vor, dass er mich in die Heathcliff'sche Dunkelheit seines Schlafzimmers führte. Stellte mir vor, dass er mich auf das prächtige Himmelbett hob und mich auszog. Das

Kribbeln wuchs an zu einem Stechen, und ich sehnte mich danach, seine Hände auf meinen Brüsten zu spüren. Aber ich wich zurück ... trat den Rückzug an ... Was uns verband, war so erlesen, so ... Wie konnte ich mich da in dieses herrliche Himmelbett legen? Mit Stil. Wie sollte ich unter den Kronleuchtern entlangschreiten und mich ausziehen? Mit Stil. Das konnte keine Farbige. Keine Farbige konnte das.

Wenn die Liebe vergeht, weint alles Leben

Pass auf, Mann, sie sagte, mit mir wäre alles ganz unkompliziert, einfach nur unkompliziert, sie hätte gar nicht schwindeln müssen, sie hätte auch lachen können, sich vor Lachen auf den Boden schmeißen, das wär mir egal gewesen. Ehrlich, von mir aus soll jeder tun und lassen, was er will, ist mir egal, wenn du dich unbedingt zum Affen machen willst, bin ich der Letzte, der dich daran hindert, vielleicht lache ich sogar, wenn du es richtig draufhast. Und sie hatte es drauf, Mann, sie brach jedes Mal fast zusammen, wenn sie lachte, kriegte sich gar nicht wieder ein. Manchmal kitzelte ich sie, um sie zum Kreischen zu bringen, und ich war ehrlich platt, dass ein einzelner Mensch sich so heftig schütteln kann, dass die Luft vibriert. Einmal erzählte ich ihr, dass ich jeden Morgen gleich nach dem Aufstehen zweihundert Sit-ups mache. Sie legte mitten auf der Straße die Hand auf meinen Schenkel, ich spannte ganz fest die Muskeln an, und sie kippte einfach um, ich schwöre bei Gott, sie lag bewusstlos auf dem Asphalt, schlug die Augen auf und brach in schallendes Gelächter aus. Das war wirklich zum Schießen, Mann. Das Ganze war so verrückt, ich bin fast durchgedreht, ich zog sie hoch und drückte sie so fest an mich, dass sie aufschrie, so glücklich war ich in diesem Moment. Ist gut, ist gut, ächzte sie und wand sich aus meinen Armen, nahm meine Hand, ist gut, und was machen Sie sonst so? Jeden Tag fünfzig Mal die Stadiontribüne rauf und runter laufen ... Also nahm ich sie mit, und sie schlug Räder, fünf Mal um die ganze Aschenbahn, ohne abzusetzen ... Hey, das ist kein Witz, ich hatte das Gefühl, ich sehe einem rollenden Fahrrad zu, ich wäre fast gekommen, Mann ... Zu Anfang nicht, nein. Sie gab bloß ihre Mappe ab wie alle anderen. Ich meine, ich sehe mir jeden Tag haufenweise Mappen an. Ich nehme eine Zeichnung raus, wenn sie nicht gut ist, lege ich sie zurück, vielen Dank und auf Wiedersehen. Auf ihrer kreisten Vögel um eine Möse, Brüste wurden von krakeligen Händen begrapscht, und das Ganze hieß *Wenn alles Leben vergeht, weint alles Leben* oder so ähnlich. Auf einer anderen waren nur verwischte Linien, ein gesenkter Kopf, nach vorne gebeugte Schultern, Arme, die ein Baby mit winzigen Genitalien zwischen dicken Schenkeln hervorziehen, und der Titel war *Geburt ist die einzige Erneuerung.*

Ricardo (direkt): Ihre Zeichnungen sind großartig.

Miriam (ruhig): Ja, sie sind gut …

Ricardo (belustigt): Ach, das wissen Sie schon …

Miriam (ruhig): Ich weiß, wie ich mich beim Zeichnen fühle. Ich behalte nur die, die funktionieren.

Ricardo (direkt): Ich sehe Sie einfach nicht in einer Agentur wie unserer; wir haben den Gerber-Etat, AAMCO Transmissions, Heinz Ketchup. Wollen Sie etwa für die zeichnen?

Miriam (defensiv): Ich kann das …

Ricardo (ruhig): Das weiß ich; ich sehe mir gerade Ihre Arbeiten an, Sie sind begnadet. Das ist nicht das Problem …

Miriam (lacht plötzlich): Warum gucken Sie so schlecht gelaunt? … So miesepetrig … wie ein geiler alter Bock …

Ricardo (knochentrocken): Das war jetzt absolut überflüssig; Sie kommen wegen eines Jobs in mein Büro und werfen mir vor, ich hätte perverse Gelüste? … Sie würden hier höchstens zwei Monate durchhalten. Im ersten Monat wären Sie ein Knaller, Gerber könnte gar nichts Besseres passieren, und dann würden Sie sich als die größte Null erweisen, die wir je hatten. Ich lade Sie zum Mittagessen ein …

Miriam (beim Essen, mitten im Erzählen): … Ich hatte vorher nie gezeichnet, aber ich nahm ein Stück Holzkohle aus dem Ofen, suchte mir eine Pappe und zeichnete die beiden, immer wieder. Ich begriff, dass ich verrückt werden würde, wenn ich nicht zeichnete. Ich war geil, es war eiskalt, zu kalt, um draußen zu schlafen; tagsüber war es leicht, sich zu beschäftigen, wir gingen wandern, probierten die selbstgebauten Ski aus, die wir in der Hütte fanden, aber um fünf war es stockdunkel und eiskalt. Wir legten Kohlen nach und aßen zu Abend, dann gingen wir ins Bett. Ich tat so, als würde ich schnarchen, weil ich wusste, sie würden erst loslegen, wenn sie glaubten, dass ich schlief, und eines Nachts kam mir die Idee, sie dabei zu zeichnen.

Ricardo (später, mitten in der Unterhaltung, über sich selbst): … sie ließen mich machen, ich trieb mich herum, klaute Obst – nur Obst … Sie merkten früh, dass ich zeichnen konnte, also zeichnete ich pausenlos und legte in der Werbebranche einen echten Senkrechtstart hin, das ging wie von selbst. Keine Ahnung warum, eigentlich fühlen sich die Leute unwohl in meiner Gegenwart. »Warum lächelst du nicht, Mann?« Seit ich denken kann, höre ich das bestimmt einmal am Tag: »Warum lächelst du eigentlich nie?« Auch Sie haben schon nach fünf Minuten über meine schlechte Laune geschimpft. Als ob die Leute einen erst einordnen können, wenn man lächelt. Ihnen ihre tägliche Ration Bestätigung gibt … Wer mich lächeln sehen will, muss mich schon mit etwas Saukomischem überraschen.

Miriam (auf dem Rückweg zu Ricardos Büro, mitten in einer anderen Erzählung): … überall Glassplitter, kein anderer konnte so ausrasten, ich war fassungslos … Ich hasse Streit … Streit und Arbeit, beides macht mich krank. Streit sofort; bei einem Job dauert es meistens eine Weile, bis er mir auf die Nerven geht, aber irgendwann komme ich morgens ins Büro und muss mich übergeben. Manchmal übergebe ich mich vier, fünf Tage hintereinander, bis ich es kapiert habe und kündige …

Nein, ich habe sie noch oft gesehen. Ich rief einen Freund im ethnologischen Museum an und besorgte ihr einen Job. Skelette zeichnen. Dort geht es ruhig zu, die Arbeitszeiten sind flexibel, und die Arbeit ist abwechslungsreich. Nein, Mann, sie ist kein Hippie. Ihr Macker hat sich vor vier Jahren erschossen, sie hat zwei Söhne und wohnt in einer alten umgebauten Scheune in Santa Barbara, und sie erzählt gerne Geschichten … von Frauen, die irgendwas sehen, Männern, die irgendwas machen, und von Kindern, die – manche sind haarsträubend und maßlos übertrieben, aber die Wörter sind bloß Dekoration; wenn du dahinter blickst, erlebst du nur Überraschungen, ein ausgelassenes Lachen wie von einer läufigen Hündin, Hände, die herrlich wild in der Luft gestikulieren, Knitterfältchen um Augen und Mund, wenn sie zum spannenden Teil kommt. Und eine Wärme, die man förmlich riechen kann … nein, Mann, ich rede nicht übers Ficken.

Ricardo (am Telefon): Ich würde dich gerne zum Essen einladen.

Miriam (ruhig): Schön, dann besorg ich einen Babysitter. Können wir spät essen, so gegen neun?

Miriam (beim Essen, mitten im Erzählen): Er hatte versprochen, es nicht im Haus zu tun, und daran hielt er sich. Sie fanden ihn im Wald. Ich war so wütend, ich trat wie von Sinnen auf ihn ein und schrie ihn an. Ich glaubte, ich könnte ihn wieder lebendig machen, wenn ich nur laut genug schrie, fest genug zutrat.

Ricardo (direkt): Und dann?

Miriam (kopfschüttelnd): Wir beerdigten ihn, ich meißelte ein Bild in seinen Grabstein, einen Mann und eine Frau, die sich im Heu lieben, denn dort hatten wir es zum ersten Mal gemacht, ich schrieb: Der Tod ist nicht die einzige Erlösung …

Ricardo (später, mitten im Erzählen): … es war sinnlos, ich fuhr mit der Maschine die ganze Insel ab, die Berge rauf und in einem Wahnsinnstempo wieder runter, die ganze Nacht durch, bis die Sonne aufging und ich am Strand einschlief. Genauso wollte ich leben, aber ich erlaubte es mir nicht. Stimmt schon, alles andere macht mir schlechte Laune. Für Schwachköpfe zu arbeiten, die mir ein Traumgehalt bezahlen, damit ich bescheuerte Ideen verkaufe. Mit Leuten zu reden. Das ist das Schlimmste, ich hasse es, mit Leuten zu reden. An diesem Tag wurde mir klar, dass ich nach Brasilien abhauen sollte, Berge besteigen, surfen, bis mir eine Welle das Genick bricht, auf Rollschuhen über eine endlose Straße fahren, die ganze Zeit meinen Körper herausfordern, weil nur das mir Klarheit gibt … alles andere macht mir schlechte Laune …

Miriam (bewegt): Da sind wir uns sehr ähnlich. Ich übergebe mich, du kriegst schlechte Laune …

Ricardo (gelöst, träumerisch): Eines Tages möchte ich malen, diesen ganzen Mist hinschmeißen und nur noch malen; Malen ist das Einzige, was ich nicht nebenbei machen will, nicht zwischen dämliche Werbetexte und Meetings mit Arschlöchern quetschen werde, Malen muss alles für mich sein, entweder ich kann die ganze Zeit malen oder vergiss es.

Fünf Minuten mit ihr gaben mir mehr als die ganzen elf Jahre mit Barbara. Nein, Mann, mehr … mehr Spontaneität, mehr Leben, mehr Spannung, mehr Knistern, einfach mehr. Wenn du mal wenig gehabt hast, weißt du, wenn du mehr bekommst. Du sagst dann laut zu dir selbst: »Nicht nur du spürst es, nicht nur sie spürt es, sie weicht nicht zurück, du weichst nicht zurück. Es hat gefunkt; wir schwimmen auf einer Wellenlänge.«

Ricardo (direkt): Kannst du über Nacht bleiben?

Miriam (ruhig): Fast die ganze Nacht. Ich will zu Hause sein, wenn die Jungs aufwachen.

Ricardo (direkt): Okay …

Miriam (lacht): Okay, okay … für dich ist alles okay.

Ricardo (belustigt): Ach ja, du findest mich witzig. Schlecht gelaunt, aber witzig. Ich bringe dich zum Lachen …

Miriam (lachend … ruhig … nervös … belustigt …): Du hast etwas sehr Offenes und Ehrliches. Das ist in Ordnung; es schadet nichts, wenn ich mich ausziehe, deine Offenheit macht mich … Ich habe mich schon lange nicht mehr für jemanden ausgezogen …

Ricardo (direkt): Okay; und jetzt hör auf mit dem Getue und komm her …

Manchmal fuhren wir einfach durch die Gegend, sie erzählte irgendeine Geschichte, und mir brach der Schweiß aus, klitschnass war ich vom Klang ihrer Stimme. Widersprüchliche Empfindungen für ein bewegtes Leben waren darin zu hören, meine Hände rutschten dauernd vom Steuer, alles war ernst, nichts war ernst, alles war möglich, das Leben ergab plötzlich Sinn, weil es keinen Sinn ergab, aber das war in Ordnung, es genügte, der Klang ihrer Stimme genügte. Nein, Barbara und ich blieben noch eine Weile zusammen, da gibt es keinen Zusammenhang, Mann, jahrelang hatte ich auf sie eingeredet, dass sich etwas ändern muss, sie arbeitete nicht, Chandra ging schon zur Schule, es war immer genug Geld da, und sie war träge geworden, ganz einfach, wir hatten ein paar schöne Jahre, aber dann wurde sie träge, sie hat nie etwas Eigenes auf die Beine gestellt, hing ständig mit ihrer Mutter und ihren Schwestern zusammen, Familientratsch, Familienmarotten, Familie rauf und runter. Die Luft war einfach raus. Es gab keinen Grund zu bleiben und keinen Grund zu gehen. Sie war immer nett und guter Dinge, es gab einfach keinen Grund mehr.

Ricardo (unvermittelt): Ich habe Barbara nicht wegen dir verlassen …

Miriam (lachend): Das habe ich auch nie geglaubt. Das hat nichts mit mir zu tun. Vielleicht liegt mir etwas an deiner Tochter. Ich mag Kinder; ich mag nicht, wenn man sie mies behandelt und sie im Stich lässt.

Ricardo (schroff): Ich habe meine Tochter nicht im Stich gelassen. Das hab ich auch nicht vor …

Miriam (durchschaut ihn): Du nimmst alles so ernst. Du guckst nicht nur so finster, weil du nicht gerne lächelst … du nimmst alles ernst … vollkommen ernst …

Ricardo (später, mitten im Erzählen): Mein Chef fragte mich, ob sich das Problem nicht anders lösen lässt, ich sagte: »Nein, Mann, lässt es sich nicht, ich kann das nur auf meine Weise regeln. Erzählen Sie es ruhig weiter – wenn Sie ihn sehen, sagen Sie ihm, er kriegt einen Tritt in den Arsch samt Flug aus dem zwanzigsten Stock.« Er bekam solchen Schiss, dass er sich einen Monat lang in seinem Büro einschloss …

Nein, sie lebt jetzt in Maine, ihre Eltern sind gestorben und haben ihr ein bisschen Geld hinterlassen, also ist sie dorthin zurückgegangen, es ist ein großes Haus, und die Gegend gefällt ihr. Letzten Sommer nach der Beerdigung war sie ein paar Monate hier, hat alles eingepackt, überlegt, was sie jetzt anstellen soll.

Miriam (am Telefon): Hallo. Ich bin wieder da …

Ricardo (direkt): Wie war's? Wie geht es dir?

Miriam (aufgeregt): Ich will dich sehen. Wollen wir heute Abend schwimmen gehen?

Ricardo (direkt): Nein, heute Abend kann ich nicht.

Miriam (wütend): Wieso kannst du nicht? Hör endlich mit deiner schlechten Laune auf und rede mit mir. Sag mir, warum du nicht kannst!

Ricardo (direkt, doch ohne auf sie einzugehen): Wir treffen uns um fünf auf einen Drink.

Miriam (stur): Ich will mich aber nicht auf einen Drink treffen, verdammt noch mal. Ich will mit dir schwimmen gehen.

Ricardo (stur): Dann musst du bis Samstag warten.

Miriam (wütend): Warum denkst du dir keine Ausrede aus, zum Beispiel, dass du Überstunden machst, auf Außendreh bist, oder sagst mir, dass du mich vermisst hast und wie leid es dir tut, dass wir uns nicht sofort sehen können. Warum musst du immer so schonungslos offen sein?

Ricardo (direkt): Bis Samstag …

Letzte Woche ging ich an einer Telefonzelle vorbei und rief sie in Maine an, ich konnte nicht anders. Ich wollte ihr sagen, dass ich nach Brasilien fahre. Sie nahm fast sofort den Hörer ab, und sie war überrascht. Mit einem Anruf von mir hatte sie am wenigsten gerechnet. Sie war fast wütend, aber nett, aufgedreht wie immer, und hatte tausend Fragen.

Miriam (am Telefon): Was treibst du so, malst du, hast du den grässlichen Job gekündigt?

Ricardo (lachend): Nein, ich habe den grässlichen Job nicht gekündigt, aber ich nehme mir einen Monat frei und fahre nach Brasilien.

Miriam (lachend): Ich hoffe, du verirrst dich im Urwald und findest nie mehr zurück …

Ricardo (knochentrocken): Das war jetzt absolut überflüssig …

Miriam (lachend): Das hoffe ich wirklich! In meiner Fantasie landest du in einem kleinen Dorf, wo du nach Lust und Laune malen kannst, etwas Besseres könnte dir gar nicht passieren …

Ricardo (belustigt): Was hast du so gemacht?

Miriam (begeistert): Ich bringe den Jungs Segeln bei, und ich habe einen Job, den normalsten, verrücktesten Job, den ich je hatte; ich zeichne Tiere für eine Firma, ich kann von zu Hause arbeiten und alle Tiere zeichnen, die ich will – Vögel, Bären, Orang-Utans –, und einmal in der Woche bringe ich die Sachen vorbei. Der Mann ist ganz verliebt in meine Zeichnungen und lässt mindestens eine pro Monat drucken, mit dem Erbe reicht das zum Leben. Es geht uns gut, die Jungs sind glücklich, ich bin glücklich … Wie war's in Japan? Hast du darüber nachgedacht, deinen beschissenen Job hinzuschmeißen und dort zu bleiben? Was fängst du mit deinem Leben an? Surfst du noch? Fährst du noch Rollschuh? Warum gehst du nur für einen Monat nach Brasilien, warum gehst du nicht für immer, fängst an zu malen …

Ich hielt mich an ihrer Stimme fest. Sie war wütend auf mich; anfangs ließ sie es nicht raus, erzählte, dass sie mit dem Tiefseetauchen angefangen hatte und sich gerade eine komplizierte Radiertechnik beibrachte, dass die Jungs ihr erstes Segelboot bekommen hatten, sie wollte wissen, ob ich noch surfe und was aus meinem Traum geworden ist, auf Rollschuhen die endlose Straße hinunterzufahren. Sie redete wie ein Wasserfall, und ich spürte ihren Zorn wie einen Schlag ins Gesicht. Du dachtest, das hätte noch Zeit, weil es mit uns so gut lief, sagte sie, du dachtest, das hätte noch Zeit, dass du dich nicht bemühen musst, weil du lachen und reden konntest, eine aufregende Frau hattest, die immer auf dich wartet. Du hast dich in einen dämlichen Scheißkerl verwandelt und den Kurs gewechselt, eingewilligt, sechs Monate in Japan zu arbeiten, du hast dich davongemacht, als könntest du das alles jederzeit und überall haben, als könntest du jederzeit spielen, fummeln, blöde Witze reißen, herumalbern, unsere Verbindung spüren, warum also rufst du mich jetzt an? Ich habe es schon vor langer Zeit gesehen, ich habe es gesehen, es gewollt, darauf gewartet, dass du es auch siehst, du hättest damals nur zugreifen müssen, warum rufst du mich jetzt an, verdammt? »Ich bin froh, dass es dir so gut geht«, sagte ich, »ich muss los«, und legte schnell auf.

Miriam (nach dem Schwimmen, mitten im Erzählen): Ich hatte keine Ahnung, dass ich so viele Tanten habe, sie saßen mit rosigen Bäckchen und lichtem Haar beim Tee, begrüßten jeden, der hereinkam. Ich hatte vergessen, dass ich eine Vergangenheit habe, bei meinem Rundgang durchs Haus stellte ich fest, wie sehr es meinem Haus ähnelte, dass ich fast die gleichen Tapeten hatte, die gleichen Farben, die gleichen Möbel. Ich fand Mommas alte Ringbücher mit ihren Zeichnungen, und mir fiel wieder ein, dass immer, wenn wir etwas ausgefressen hatten, eine Karikatur auf dem Küchentisch lag, von meinem Bruder oder mir in einer lächerlichen Pose, die uns zeigte, was wir verbrochen hatten. Ich bin nie darauf gekommen, dass ich wahrscheinlich mit dem Zeichnen anfing, weil Momma immer gezeichnet hat …

Ricardo (direkt): Dann war das eine gute Erfahrung …

Miriam (lachend): Ja, o ja … das war eine gute Erfahrung. Besser kann man es nicht ausdrücken.

Ricardo (belustigt): Pass bloß auf, bevor ich …

Miriam (schlüpft zwischen seine Beine und wirft ihn um): Was? Bevor du wieder schlechte Laune kriegst und sauer wirst? Weißt du eigentlich, wie eklig du am Telefon klingst? Du hast mir gefehlt …

Ricardo (direkt): Das ist nett …

Miriam (direkt): Ich könnte mit dir leben; das ist mir klar geworden, als ich weg war, ich habe mir gewünscht, du wärest bei mir und wir könnten alles gemeinsam erleben.

Ricardo (direkt): Das ist nett …

Miriam (direkt): Wir könnten zusammen leben …

Ricardo (direkt): Ich will nicht …

Miriam (wütend): Warum willst du nicht? Warum lässt du dir keine Ausrede einfallen, erfindest wie alle anderen tausend Gründe, warum du nicht willst …

Ricardo (lachend, aber direkt): Ich will nicht … Was gibt es da groß zu reden?

Ich erkläre nie etwas, Mann. Ich höre das schon mein ganzes Leben: »Warum willst du Weihnachten nicht mit der Familie essen?« »Warum willst du nicht ins

Kino?« Ich will einfach nicht. Akzeptiert mein Nein und lasst es gut sein. Sie konnte mit einem Nein umgehen, auch wenn sie zusammenzuckte, sie wusste, es war die einzig wahre Antwort. Entweder man will etwas, oder man will es nicht. Begründungen sind wie Lächeln, Mann, sinnloses Getue. Keine Ahnung, Mann, ich fand einfach, das hätte noch Zeit.

Zerrissene Seele

Ich weiß nicht, wie du das aushältst! Ich bin überall in diesem verdammten Land gewesen, und ich schwöre bei Gott, ich begreife nicht, wie du das aushältst! Hier ist es tausendmal schlimmer als in Afrika! Klar, Mann, die Apartheid frisst an unserer Würde, aber sie lässt uns wenigstens unsere Kultur! Wir haben noch unsere Wurzeln, unsere Traditionen … Aber Grundgütiger, euch haben sie nichts gelassen! Gar nichts. Allein die Vorstellung, dass ich sämtliche Brücken hinter mir abgebrochen habe, nur um hierher zu kommen! Herrgott, und jetzt sitze ich echt in der Scheiße!«

Er war Journalist und kam durch ein Nieman-Stipendium aus Südafrika nach Harvard. Wir lernten uns auf einer Party kennen, und er bat mich, ihm Französischunterricht zu geben. Also trafen wir uns an zwei Nachmittagen in der Woche bei ihm. Es waren schöne Nachmittage. Er zierte sich und alberte herum, ich musste ihn immer ein bisschen triezen, um ihn zum Sprechen zu bringen. »Verdammt, diese verdammte Sprache ist mir ein Rätsel«, sagte er oft lachend, schmiss wahllos mit französischen Wörtern um sich und zog mich auf. So wurden wir Freunde.

Für seine Geschichten musste er oft verreisen, doch sobald er zurückkam, rief er mich an, auch morgens um drei oder vier, und dann setzte ich mich ins Auto und fuhr zu ihm. Kaum war ich da, zog er mich damit auf, dass alle »gebildeten farbigen Frauen in Amerika« nach Swaziland auswandern sollten. »Ich kenne dort jede Menge Mädchen wie dich«, sagte er. »Aber sie sind nicht neurotisch und einsam wie ihr.«

»Okay«, sagte ich dann lachend, »demnächst packe ich meine Sachen«, und wir unterhielten uns über Südafrika. Wenn er getrunken hatte, konnte er gar nicht mehr aufhören, manchmal weinte er sogar, und mir wurde klar, wie sehr er Südafrika vermisste, wie sehr er bedauerte, dass er seine Heimat verlassen hatte, um in dieses »scheißfade Land« zu kommen, wie er es ausdrückte. Und das konnte er wirklich gut, in seinem kühlen, distanzierten Englisch, während er auf und ab ging, trank und weiterschimpfte über dieses »elende Land«, das ihn so zermürbte, und in »was für eine Scheißlage« er sich gebracht hatte, dass ihm jetzt »verdammt noch mal« nichts anderes übrigblieb, als »um Gnade zu winseln«, weil er ohne Pass nirgendwohin konnte. Wenn es hell wurde, gingen wir zu Bett.

Manchmal hatte ich das Gefühl, als liebten wir uns in einem Vakuum, das aus seiner Einsamkeit entstanden war. Eine Leere, die er mit seinem stillen, feinen Humor füllte. Nur einmal hatte ich das Gefühl, dass wir wirklich zueinander durchdrangen.

Dann zog ich für den Sommer nach Vermont und hinterließ ihm meine Adresse. Ich hatte eine Wohnung über einer alten Scheune. Ich mag den Wald und die Berge, schwimme gern im kalten Wasser der Schluchten und liege stundenlang lesend auf den Felsen.

Eines Morgens stand ich auf und ging die Zeitung holen. Als ich beim Kaffee darin blätterte, blieb ich an einem Namen hängen … es konnte nicht sein Name sein … es ging um einen Todesfall … es konnte nicht ihn betreffen … »Wenn ich ganz zufällig und nebenbei erführe/dass du gestorben bist …« sprang aus einem Fenster im neunzehnten Stock … »Ich würde nicht schreien – ich könnte es nicht …« O nein, sagte ich. Das hast du nicht getan. Das kannst du nicht getan haben. Nein, sagte ich, das hast du nicht wirklich getan. Niemals. Bei dem Gedanken an seinen Tod, an sein kühles, distanziertes Ich, das sich einem hoffnungslosen Leben verweigerte, schnürte es mir die Kehle zu. Nein, mein Freund, das hast du nicht wirklich getan …

Dokumentarstil

Ich war zehn Jahre in der Navy, bevor ich nach New York kam, um Filme zu machen. Nach der Armee war ich ziemlich mies drauf und zerfloss in Selbstmitleid, aber ich hielt mich auch für den größten schwarzen Kameramann, den New York je gesehen hatte. Mein Körper war nach jahrelangem Karatetraining ziemlich durchtrainiert, und ich bewegte mich mit der Handkamera wie ein begnadeter Tänzer. Ich war überzeugt, dass ich vom Filmemachen mehr verstand als die meisten Klugscheißer von den Filmschulen, und mein Plan war, ein paar richtig große Filme zu drehen.

Ich bekam einen Job bei einem schwarzen Typen, der seinen eigenen Laden hatte; er war ebenfalls zehn Jahre im Exil gewesen und kannte sich aus, also dachte ich, wir wären auf einer Wellenlänge. Ich fand ziemlich beeindruckend, was er bisher gemacht hatte, und wollte ihm zeigen, was ich kann.

Er nahm mich mit zum Dreh, ich sollte als zweiter Kameramann unter einem weißen Typen arbeiten, der bestimmt nicht geschickter war als ich; ich war nervös, aber ich würde ein paar echt geniale Aufnahmen liefern und ihn plattmachen. Der Film sollte weiße Arbeitgeber im Umgang mit schwarzen Angestellten schulen, also steckten wir alle zusammen in einen Raum und ließen die Kameras laufen. Ich sollte die Zwischenschnitte machen, doch im letzten Moment entschied mein Chef, nur eine Kamera zu nehmen, und stellte mich zum Filmwechseln an den Dunkelsack. Ich war nervös und beobachtete, wie der weiße Typ sich aufspielte, in die Knie ging, die Augen zusammenkniff … Warum musste er dauernd um die Leute kreisen? Meine Bewegungen waren viel sparsamer, und warum lief die Kamera eigentlich schon? Da passierte doch gar nichts. Die Stimmung zwischen diesen Idioten war eisig. Ich nahm meinen Chef beiseite und schlug vor, dass der Typ nur so tun soll, als ob er dreht, und die Kamera so lange ausgeschaltet lassen soll, bis sich zwischen den Leuten was tut. Er lachte mich aus und servierte mich mit der bescheuerten Bemerkung ab, er würde immer jede Menge Film verballern, schließlich wüsste man nie genau, wann der richtige Moment kommt, außerdem wäre es gut, viel atmosphärisches Material zu haben, mit dem man im Schneideraum spielen kann. Meine Hände brachten den Dunkelsack fast zum Glühen.

Ich fragte meinen Chef, ob ich die schwarzen Jungs im Barraum allein filmen könnte, dann wären sie bestimmt viel lockerer und würden mehr aus sich rauskommen. Er gab mir zu verstehen, genau das hätte er eben vorschlagen wollen, aber gut zu wissen, dass wir in die gleiche Richtung denken. Wenn er mit einem redete, kam man sich wie das letzte Stück Scheiße vor. Aber ich wusste, ich war gut. Die Barsequenz würde der Knaller werden. Danach müsste er keine weißen Idioten mehr einstellen.

Wir richteten die Szene ein. Gedämpftes Licht (von mir persönlich gesetzt). Kein Schnickschnack. Natürliche Atmosphäre. Ich ließ die Jungs den Takt vorgeben. Einer war der geborene Komiker. Er erzählte eine Geschichte von seinem Chef, der bei der Arbeit mal zu ihm gesagt hatte: »Mann, ich vermisse Ihre gute Arbeit von früher ...«, worauf er sagte: »Und ich vermisse das gute Gehalt, das Sie mir versprochen haben ...« Ich kriegte mich nicht mehr ein! Ich hatte ihn geknackt. Ich hatte die Jungs aus der Reserve gelockt. Das war's. Alles im Kasten.

Dann ging es in den Schneideraum, und ich konnte es kaum erwarten, dem Chef mein Material zu zeigen. Ich kam zeitig zur Arbeit, und da stand so eine Tusse an der Moviola. Beine bis zum Himmel, und als sie sich umdreht, ein kleiner, dicker Bauch, ungefähr sechster Monat. Sehr hell, aber schwarz, mit hübschen Augen. Ich hatte schon immer was gegen hellhäutige Tussen. Sie war seine Schnittassistentin, sollte also mein Material synchron ziehen. Ich stellte mich vor und wollte von ihr wissen, wie viel sie schon bearbeitet hätte. Sie sagte, sie würde gerade erst anfangen.

Der Chef kam rein und fragte, ob wir uns schon bekannt gemacht hätten. Dann meinte er, wir sollten beim Synchronziehen zusammenarbeiten, und wenn alles fertig wäre, würde er es sich ansehen. Was zur Hölle hat er sich dabei gedacht, mich zusammen mit einer aufgeblasenen hellhäutigen Tusse in den Schneideraum zu stecken? Nebenan stand noch eine Moviola, also schnappte ich mir mein Material und zischte ab. »Deine Arbeit ist garantiert nicht so gut wie …« Die kriegte meinen Scheiß nicht in die Finger.

Als ich mit der ersten Rolle fertig war, bat ich den Chef, einen Blick draufzuwerfen. Er wollte nicht. Meinte, er will sich gern alles zusammen ansehen und sich einen Gesamteindruck verschaffen. Dabei wollte ich ihm nur zeigen, was für einen Wahnsinnsfang er mit mir hatte!

Erst am Donnerstag setzte er sich hin und sah sich alles an. Das Material des Weißen war in Ordnung. Keine Wackler. Professionell. Aber in meinen Augen wirkte es flach, als wäre er nicht voll dabei. Dann kam die Barsequenz, und ich wusste, gleich flippt er aus. Ein bisschen verwackelt an den Stellen, wo ich zu aufgeregt war; ich hatte ein paar Schwenkzooms probiert und die Schärfe nicht schnell genug nachgezogen. Aber es hatte was von Kunst. War lebendig. Brachte die Stimmung zwischen den Jungs gut rüber.

Mein Chef schwieg die ganze Zeit. Er sagte der Tusse nur, dass sie das Zeug zum Kodieren geben soll, nächste Woche würden wir mit dem Schneiden anfangen. Als ich ihn fragte, wie er meine Arbeit fand, klopfte er mir auf die Schulter und meinte, ich würde es schon noch lernen.

Die Tusse kam zu mir und wollte mein Material katalogisieren. Ich sagte, ich würde mein Zeug selber zum Kodieren geben. Sie meinte, das wäre ihre Aufgabe, sie wüsste genau, wie er alles nummeriert haben will. Ich sagte, nummerieren kann jeder Schwachkopf. Schon möglich, sagte sie, aber ihrer Meinung nach sollte sie es machen. Ich wollte wissen, was verdammt so schwierig daran ist, den Scheiß zum Kodieren zu schicken. Daran wäre gar nichts schwierig, meinte sie, sie müsste den Rollen bloß die richtigen Nummern geben. Ich sagte, das kann jeder Schwachkopf. Schon möglich, meinte sie, aber sie würde es trotzdem lieber selber machen. Ich sagte, Scheiße, Frau, weißt du eigentlich, mit wem du redest, und darauf sie, sie wüsste genau, mit wem sie da redet, und sie würde nur versuchen, das Material zum Kodieren abzuholen. Ich sagte, verpiss dich aus meinem Raum. Das würde sie ja, meinte sie, wenn ich ihr das Material gebe, damit sie es in ihrem Raum katalogisieren kann. Ich sagte, verpiss dich endlich. Und sie wieder, das würde sie ja, wenn ich ihr jetzt bitte das … Da verpasste ich ihr einen

Karatetritt mitten in ihren dicken Bauch und sagte, mit wem verdammt sie eigentlich glaubt, dass sie sich da anlegt, weil ich nämlich der gottverdammt größte schwarze Kameramann in ganz Amerika bin und ich sie eher in den Staub trete, als ihr mein Material zu geben.

Rettungsleinen

Ich war am Ende. Mein Mann war fort. Er lebte jetzt irgendwo in Santo Domingo, einer Stadt, in der ich nie gewesen war. Er hatte sich selbst Spanisch, Portugiesisch, Arabisch, Deutsch, Französisch, Italienisch und Kreol beigebracht und konnte überall auf der Welt leben und glücklich sein. Ich konnte das nicht. Aber ich bin mir nicht sicher, ob das der wahre Grund für unsere Spannungen war.

Irgendwie verstehe ich das Ganze nicht. Bevor er nach Santo Domingo ging, saß er fast ein Jahr lang wegen Betrugs im Gefängnis (irgendwas mit Aktien und Anleihen und Rohstoffen und Optionen und Optionen auf Rohstoffe und … was genau man ihm vorwarf, weiß ich bis heute nicht). Er saß in einem Hochsicherheitsgefängnis, das schrecklich überfüllt war; gewalttätige Auseinandersetzungen der einen oder anderen Art waren an der Tagesordnung. Er lebte in ständiger Angst und Verzweiflung. Jeder Brief von ihm brach mir fast das Herz.

Liebe C–
An manchen Tagen wache ich auf und weiß nicht

mehr, wer ich bin. Meine Vergangenheit scheint nur bis gestern zu reichen, und es kommt mir vor, als wäre ich mein Leben lang um fünf Uhr früh durch grässliche Stimmen aus Lautsprechern und die beängstigende Nähe fünfundsiebzig anderer Verzweifelter geweckt worden …

Seine Briefe wühlten mich so auf, dass ich sofort nach oben an meine Schreibmaschine eilte und eine Antwort heraushämmerte, nur damit er noch eine Weile durchhielt.

Liebster –
Du klingst unglaublich mutlos. Für mich ist das unerträglich. Ich weiß, im Augenblick ist dein Leben die Hölle. Ich weiß auch, dass ich mir um nichts in der Welt vorstellen kann, welche Demütigungen und Ängste du rund um die Uhr ertragen musst. Was kann ich sagen, um dich zu trösten, was kann ich sagen, damit du durchhältst und deinen Lebenswillen nicht verlierst …

Ich tat alles Erdenkliche, um ihm die Haft zu erleichtern. In jeder freien Minute ging ich in Buchläden, an Zeitungskioske mit ausländischer Presse oder in die Bibliothek und suchte nach interessanten Büchern, Zeitschriften oder Fachmagazinen, die ihn ablenken könnten.

Liebster –
Ich schicke dir ein paar Sachen, die dich hoffentlich ein bisschen aufmuntern. Ich habe sie in verschiedene Umschläge gesteckt und sende dir jeden Tag einen, damit du dich auf mehrere Päckchen freuen kannst. In einem habe ich dir, wie von dir gewünscht, Kierkegaards *Furcht und Zittern* geschickt und die aktuellen Ausgaben von *Esquire*, *Playboy*, *Oui*, *Players* und *Town & Country*. Der zweite enthält *Unterwegs zu Swann* und *Die Flüchtige*, zusammen mit *Hundert Jahre Einsamkeit*. Im dritten sind die portugiesischen Grammatik- und Konversationsbücher, die du haben wolltest, und mehrere portugiesische Zeitschriften und Fachmagazine, und ja, auch der *Nouvel Observateur*. Mit der letzten Sendung erhältst du einen Gedichtband von Éluard und die *New Republic*, die *New York Review of Books* und *Century* von dieser Woche. Außerdem habe ich veranlasst, dass dein *Catholic-Worker*-Abonnement direkt an dich geschickt wird. In ein paar Tagen dürfte die erste Ausgabe bei dir ankommen. Letzte Woche habe ich fünf Konzerte gespielt …

Liebe C–
Ich freue mich sehr über *Furcht und Zittern*, denn es spricht mich auf eine Weise an, wie ich es nicht für möglich gehalten hätte. Gestern war ein äußerst merkwürdiger Tag. Ich war beim Abladen von Kis-

ten im Lagerhaus, als ein paar Meter vor mir ein Vogelschwarm vorbeiflog. Da erinnerte ich mich an unsere Schiffsreise nach Zypern, als es regnete und der Himmel schwarz war von Vögeln und die See so unglaublich rau, dass wir dachten, wir wären erledigt. Ich weiß nicht, warum, aber ich sah die Szene so deutlich vor mir, als spielte sie sich in diesem Augenblick ab, und sie schien mir etwas zu bestätigen. Ich hatte das starke Gefühl, dass ich es schaffe, und als ich dann später bei der Postausgabe einen Brief von dir erhielt, der an dieselben Erinnerungen rührte, nahm ich es als Zeichen, dass wir uns in Gedanken sehr nahe sind. Könntest du mir bei Gelegenheit dieses arabische Wörterbuch schicken? …

Liebster –
Eben bekam ich deinen Brief, in dem du unsere Reise nach Zypern erwähnst. Ich weiß nicht, warum mich deine Zeilen zum Weinen brachten, vielleicht weil unsere letzten Jahre so hart waren. Man könnte fast meinen, dein Aufenthalt im Gefängnis verbinde dich wieder mit den schöneren Zeiten, aber besonders freut mich, dass die Erinnerung dir Kraft gab. Am liebsten würde ich alles Schöne von früher aufschreiben, damit du davon zehren und dich daran festhalten kannst wie an einer Rettungsleine, und wir so die schlimmen Jahre auslöschen, denn im Augenblick entmutigen sie dich nur, und nur das Beste zwischen

uns sollte lebendig bleiben und dir durch diese merkwürdige Zeit helfen. Das arabische Wörterbuch habe ich dir zusammen mit einem schmalen Band arabischer Gedichte geschickt und noch einige Artikel aus der *Times* über puerto-ricanische Dichter und Dramatiker beigelegt …

Ich kam mir vor, als säße auch ich im Gefängnis. Ich lebte nur für die Post. Sie war unsere Verbindung. Die Briefe, die der Postbote brachte und mitnahm, waren der Lichtblick des Tages. Wenn ein Brief nicht ankam, gerieten wir beide in Panik, und die Zeit blieb bis zur nächsten Sendung stehen.

Am Ende des zehnten Monats wurde er wegen guter Führung vorzeitig entlassen. Sie brachten ihn von der Insel aufs Festland, und ich nahm ihn mit nach Hause. Er war erschreckend dünn, sein Haar extrem kurz. Der Blick aus seinen Augen wirkte ängstlich, und seine angespannte, nervöse Körperhaltung schmerzte mich.

Aber wir hatten uns nichts zu sagen. Alles war schon gesagt. Die schönste und vollkommenste Form des gemeinsamen Austauschs war soeben zu Ende gegangen. In unseren Briefen hatten wir die verschiedenen Unstimmigkeiten einer Beziehung geklärt, die nie erfüllend war. In unseren Briefen hatten wir uns die Enttäuschung verziehen, die wir beide empfanden. In unseren Briefen hatten wir die schönsten Seiten unserer Liebe heraufbeschworen, um ihn vor dem psychischen Zusammenbruch zu bewahren. Jetzt, von Angesicht zu Angesicht, waren wir uns nur noch fremd. Ich war erleichtert, als er wenige Wochen später das Flugzeug nach Santo Domingo, Chile oder Brasilien bestieg, wohin immer sein unstillbarer Hunger nach Neuem ihn trieb.

Ich war nicht gefasst auf die Trostlosigkeit, die mich schon bald befiel und am Boden zerstört zurückließ. Ich wachte weinend auf. Ich fühlte mich alt. Nutzlos. Todtraurig, kraftlos, als entwiche das Leben aus mir, und mir fehlte die Kraft, es zurückzuholen. Ich fühlte mich niemandem verbunden, auch nicht meiner Geige (ich bin Geigerin bei den New Yorker Philharmonikern).

Ich verließ die Stadt und blieb eine Weile in unserer kleinen Blockhütte in den Adirondacks. Hin und wieder erreichte mich ein Brief aus irgendwo in Südamerika.

Liebe C–
Es gibt tausend Dinge zu erzählen, aber eines ist wirklich unglaublich – ich war gerade beim Karneval in Rio, und es war unfassbar. *Orfeu Negro* vermittelt nur einen vagen Eindruck – man kann es unmöglich beschreiben, es geht einfach immer weiter, Tag und Nacht, ein unendlicher Rausch, Tanzen, Trommeln, Hunderte von Kapellen, die durch die Straßen

ziehen, man wird von dichten Menschenmengen mitgeschwemmt, von Farben geblendet – der Körper ist erschöpft, man will nicht mehr tanzen, will sich mit noch mehr Rum auf den Beinen halten, alle Sinne sind ausgelaugt – Wahnsinn, ich kann nicht darüber reden, es ist noch zu nah.

Das alles will sagen: Ich lebe (tausend Dank für das Brot!) – wie es weitergeht, ist noch offen …

Seine Briefe ermüdeten mich. Ich wollte keine Neuigkeiten, keine Berichte, keine Bilder. Ich wollte, dass es vorbei ist. Dass die Verbindung abreißt und nicht ständig an mir gezerrt wird.

Irgendwann ging ich in die Stadt, um mir die Haare schneiden zu lassen. Die Friseurin, die mich sonst bedient hatte, war nicht mehr da. Man wies mir eine neue zu. Sie trug eine Brille. Ich erinnere mich nur noch an ihre Stimme, die bloß ein Stimmchen war. Sie redete, als hätte sie Angst vor den Wörtern. »Wie soll ich es schneiden?« Sie presste jedes Wort zwischen den Zähnen hervor.

»Ach, einfach ziemlich kurz und links gescheitelt, ich will es nur aus der Stirn haben«, antwortete ich. Ich hatte keinen Blick mehr für mich. Ein Haarschnitt war so gut wie der andere.

Sie ging vorsichtig ans Werk, und ich sah, dass sie sehr wenig abschnitt. Früher hätte ich protestiert, aber inzwischen war es mir ziemlich egal; ich ließ sie einfach machen. Erst als sie mir die Haare eindrehte, merkte ich, dass ihre Hände leicht zitterten. Die Lockenwickler rutschten ständig weg und fielen auf den Boden.

»Ach herrje«, sagte sie wie ein Vögelchen, das spürt, dass es gleich aus dem Nest fällt. »Ach herrje, Sie stehen vor einem weißen Haus, es liegt ein Stück zurückgesetzt von der Straße und hat Fensterläden, es ist klein …«

Ich wusste nicht, wovon sie redet, aber ihre Finger fuhren sanft durch meine Haare, als zeichnete sie eine Karte von dem, was sie sah. »Ach herrje … es ist lange her, seit ich was gesehen habe; aber es ist Ihr Haus«, zwitscherte sie. »Es ist Ihr Haus, ja, innen ist es sehr sonnig, und Sie werden dort glücklich sein … Sie werden ihn nicht sofort kennenlernen, er ist nur an den Wochenenden da.«

Ich fing an zu weinen. Ich hatte keine Ahnung, wovon diese vogelartige Frau redete, aber ich verlor die Nerven. »Tut mir leid«, sagte ich, als ich merkte, dass ich sie in Verlegenheit brachte.

»Ist schon gut«, flüsterte sie. »Ist schon gut …«

»Ich bin nur müde, in letzter Zeit ist so vieles passiert, das ich nicht verstehe.«

»Ist schon gut …«

»Man glaubt, man hat das Richtige getan«, sagte ich – ich musste einfach weiterreden –, »und dann ist plötzlich alles so leer, und man weiß nicht, warum.«

»Ja …«, sagte sie, und mir war klar, wenn ich nicht aufhörte, würde ich wieder die Nerven verlieren.

Am nächsten Tag fing es an zu regnen, und es regnete für den Rest der Woche. Aus lauter Verzweiflung fuhr ich zurück nach New York und nahm ein Engagement bei einem Musical an, Off-Broadway. Ein Brief aus Jamaika kam an.

Liebe C–
Ich bin irgendwo mitten in Kingston, um mich herum nichts als Laubwerk – man merkt gar nicht, dass man in der Stadt ist. Das Becken von Kingston ist umgeben von saftiggrünen Postkartenbergen, über denen dichter Nebel hängt. Es sind ungefähr fünfundzwanzig Grad bei leichtem Wind, und ich wohne in einem Gästehaus nicht weit weg von M– und seiner Freundin. Vielleicht nehme ich einen Job als Kontaktmann für eine Firma an, die hier in Santo Domingo und Venezuela tätig ist. Könnte sein, dass ich mich in Santo Domingo niederlasse, weil es mir da besser gefällt. Wir werden sehen … Du kannst mir hierher schreiben, c/o Amerikanische Botschaft. Wie geht es …

Liebster –
Kaum drehe ich mich um, bist du woanders! Willst du nicht irgendwann sesshaft werden? Du schreibst, dass du vielleicht eine Zeit lang in Santo Domingo

bleibst. Wirklich? Brauchst du Geld? Ich spiele in einem dämlichen Musical, Off-Broadway, aber das geht in Ordnung. Es ist heiß in der Stadt. Demnächst ziehe ich wieder in die Hütte. Was machen deine Kopfschmerzen? Hoffentlich besser. Du klingst, als wärst du wieder ganz der Alte, und du siehst und erlebst so viel Schönes. Das freut mich sehr. Brauchst du wirklich nichts?

Als das Musical abgespielt war, zog ich wieder in die Hütte. Auf der Schnellstraße geriet ich in einen Unfall, es gab einen ellenlangen Rückstau. Ich nahm die Umleitung über die Palisades und wollte die 9w hoch. Es war ein schöner Tag, ich hatte es nicht eilig. Als ich unweit von Garrison in einer kleinen Ortschaft zum Mittagessen anhielt, erinnerte ich mich an Freunde in der Gegend, ein Paar, das wir kurz nach unserer Hochzeit kennengelernt und eine Zeit lang oft besucht hatten. Ich versuchte, ihr Haus zu finden. Ich wusste noch, es lag in der Nähe eines Flusses und einer alten Kirche, zurückgesetzt von der Straße. Schließlich fand ich es.

Die Frau kam an die Tür. Sie hatte sich sehr verändert, aber das hatte ich ja vielleicht auch. Sie war allein; die Ehe hatte nicht gehalten, und sie sehnte sich danach, fortzugehen, woandershin zu ziehen, ein neues Leben zu beginnen, aber erst musste sie noch einen Käufer für das Haus finden.

Ich bot ihr an, solange dort zu wohnen. Ich weiß selbst nicht, warum. Der Gedanke kam mir einfach – plötzlich schien mir das die Lösung für meine Unruhe zu sein. Ich wollte eine Zeit lang raus aus der Stadt, aber die Blockhütte war zum Pendeln zu weit entfernt. Ihr Haus hatte mir immer gefallen; von New York waren es nur fünfzig Fahrtminuten. Irgendwie ergab das Sinn.

Ich erinnere mich noch deutlich an meine erste Nacht in dem Haus, weil ich zum ersten Mal seit langem wieder im Reinen mit mir war. Das Haus passte zu mir. Es war klein, die Sonne schien in jedes Zimmer und erfüllte es mit Licht. Ich fühlte mich unglaublich wohl.

Liebster–
Ich wohne jetzt Upstate im Haus von Buzz und Janet. Du erinnerst dich, dass wir früher oft dort waren? Das ist eine lange Geschichte. Sie haben sich getrennt, und ich bleibe hier, bis das Haus verkauft ist. Es ist ein schönes Haus, und mir gefällt die Veränderung. Unsere Hütte ist so weit von New York entfernt. Hast du schon eine Wohnung gefunden? Der Job klingt wunderbar. Ich bin hier richtig glücklich, die Abwechslung tut mir gut …

Außer ein paar Leuten, die mir Janet vor ihrer Abreise vorgestellt hatte, kannte ich niemanden in der

Stadt. Aber eines Tages lief mir ein Musiker über den Weg, mit dem ich oft zusammenspielte und der sich als unmittelbarer Nachbar erwies. Er und seine Frau luden mich zum Essen ein. Es war der entspannteste Abend, den ich seit Jahren verbracht hatte. Ich war glücklich. Ein echtes Leben schien wieder möglich.

Einige Wochen später fand der Makler einen Käufer. Ich war schockiert. Ich konnte hier nicht mehr weg. Ich konnte mir nicht vorstellen, in mein altes Leben zurückzukehren. Ich rief Janet an und fragte, ob wir vielleicht eine Übereinkunft finden könnten. Mehrere Wochen verstrichen in Ungewissheit, aber schließlich ermöglichte sie es mir, das Haus zu vernünftigen Bedingungen zu kaufen. Ich würde das Haus besitzen und konnte es kaum fassen.

Nach dem Vertragsabschluss war ich euphorisch, und mein Musikerfreund und Nachbar lud mich zur Feier des Tages zum Abendessen ein. Unter den Gästen war ein netter Mann, den ich noch nie gesehen hatte. Wir wurden einander vorgestellt. Er war nur selten da, wurde mir erklärt, weil er viel Zeit an der Westküste verbringen musste, aber ihm gehörte das Haus nebenan, und an den Wochenenden kam er, so oft es ging. Es war ein schöner Abend, den die unglaubliche Tatsache krönte, dass mir jetzt ein Haus gehörte.

Am nächsten Tag kam ein Brief aus Santo Domingo.

Liebe C–
Das mit dem Haus ist wirklich großartig, obwohl ich mir dich nur schwer als Hausbesitzerin vorstellen kann. Wie groß ist das Grundstück? Könnte ich damit spekulieren? Und wie ist das eigentlich, bin ich als dein Mann automatisch Miteigentümer? Ich wohne vorübergehend in einer Cabana am Strand, würde aber gerne etwas in den Red Hills finden. Mein Job könnte ziemlich interessant werden, möglicherweise gehe ich wieder nach Brasilien und spekuliere mit Kupfer-Termingeschäften, wir werden sehen. Hast du die Sachen schon losgeschickt …

Der Brief ärgerte mich. Er hatte kein Recht, sich als Mitbesitzer meines Hauses zu sehen; ich kam mir vor, als hielte man mich im Abseits fest. Mit diesem Brief warf er eine Leine aus, die mich weiter an sein Leben binden sollte, aber nicht an sein wirkliches Leben, es war, als nährte meine Existenz sein Bedürfnis nach einer Frau, die immer da war, wenn er sie brauchte. Aber diese Verbindung war nicht echt; für mich war das zu wenig. Das Band war zu schwach.

Ein paar Wochen später wurde ich von meinem Musikerfreund wieder zum Essen eingeladen, und der nette Mann war auch da. Wir plauderten eine Weile. Sein stilles Wesen zog mich an. Am nächsten Nachmittag rief er an, und wir unterhielten uns lange. Er war wieder auf dem Sprung zur Westküste.

Liebster –
Ich finde, wir sollten die Hütte verkaufen. Dann hätten wir beide ein bisschen Geld. Was meinst du? Natürlich behalte ich sie, wenn du sie irgendwann wieder nutzen möchtest. Gib mir Bescheid …

Liebe C–
Wahrscheinlich hast du recht, die Hütte sollte verkauft werden. Mit dem Geld könnte ich problemlos ein kleines Grundstück hier unten erwerben. Aber es widerstrebt mir, die Hütte aufzugeben. Es widerstrebt mir, überhaupt etwas aus meiner Vergangenheit aufzugeben, für mich kommt das dem Verbrennen alter Liebesbriefe oder dem Zerreißen alter Fotos gleich, es bricht mir das Herz. Aber tu, was du für richtig hältst …

An einem Wochenende fuhr ich hoch, um die Angelegenheit einer Maklerin zu übergeben. Ihrer Ansicht nach stand einem raschen Verkauf nichts im Weg. Die Hütte war in ausgezeichnetem Zustand, nicht zu teuer und genau die Art Rückzugsort, bei der man schnell zugreift.

Als ich am Sonntagabend nach Hause kam, klingelte das Telefon.

»Hallo«, sagte ich, leicht außer Atem.

»Hallo, ich habe schon den ganzen Tag versucht, dich zu erreichen …«, sagte er.

»Tut mir leid, ich war das ganze Wochenende unterwegs …«, antwortete ich.

Wir unterhielten uns kurz. Er war wieder auf dem Sprung zur Westküste. Wir sprachen uns erst ein paar Wochen später wieder.

Er rief am Freitag an und lud mich zur Vernissage eines befreundeten Malers ein, die in der nächsten Stadt stattfand. Hinterher gingen wir essen und unterhielten uns lange. Am Samstagnachmittag fuhren wir Kanu im Fluss, und später saßen wir in seiner riesigen Küche, tranken Wein und redeten. Ich war glücklich.

Als ich am nächsten Morgen aufwachte, steckte ich noch in den Fängen eines merkwürdigen Traums: Die Friseurin aus den Adirondacks war zu Besuch. Ich führte sie durchs Haus und sagte immer wieder: »Warten Sie ab, die Sonne wird gleich durchkommen, dann sehen Sie, wie hell es hier ist.« Während wir von Zimmer zu Zimmer gingen und auf die Sonne warteten, wurde ich immer ungeduldiger, weil ich wollte, dass alles lichtdurchflutet war. Als ich aufwachte, waren die Konturen des Traums noch ganz deutlich, und sie warfen mich zurück zu jenem Nachmittag, an dem sie mir die Haare geschnitten und von einem Haus erzählt hatte. Es war mein Haus! Ich war hellwach. Es war mein Haus! Sie hatte von einem weißen Haus mit Fensterläden gesprochen, das zurückgesetzt von der Straße lag und sehr sonnig war … es war mein Haus! Sie hatte mein Haus beschrieben, ich konnte es kaum fassen. Als folgte mein Leben einem klaren, vorbestimmten Weg, der nichts mit mir zu tun hatte, als wären die unerwarteten Wendungen, die mich hierher geführt hatten, nur in Gang gesetzt worden, weil eine vogelartige Frau mit Brille sie in mein Haar gezeichnet hatte!

Ich wollte sie unbedingt wiedersehen. Die Blockhütte war so gut wie verkauft, und ich musste noch ordentlich aufräumen. Am nächsten Tag fuhr ich los.

Als ich den Schönheitssalon betrat, wusch sie einer Kundin gerade die Haare. Ich ging aufgeregt zu ihr.

»Hallo«, sagte ich freundlich. »Ich war vor ein paar Monaten hier, Sie erinnern sich bestimmt. Sie haben mir die Zukunft aus den Haaren gelesen ... Sie haben mich in einem weißen Haus mit Fensterläden gesehen, das zurückgesetzt von der Straße liegt, ein kleines Haus mit viel Sonne, und Sie meinten, ich wäre dort glücklich und würde jemanden kennenlernen, der oft am Wochenende kommt ...«

»Oh, wie schön ...«, fiepste sie und presste wieder jedes Wort heraus, als könnte es zerbrechen, bevor es ausgesprochen war. »Freut mich sehr.«

»Erinnern Sie sich noch?«, hakte ich nach. »Sie haben mir die Haare eingedreht, Ihre Hände haben dabei gezittert ...«

Doch sie erinnerte sich nicht. Mit einem Mal wurde mir klar, dass sie sich an gar nichts erinnerte.

Ihre Worte waren wie ein Lied, ein Tanz, eine betörende Sonate, nur einmal aufgeführt und nie aufgenommen. Es war mein Lied, mein Tanz, meine Sonate, die mein Leben in diese Richtung gewiesen hatten. Und eine wunderliche, alte, vogelartige Frau hatte sie mir vorgespielt.

Von Schriftstellern, Galerien, New Yorker Impressionen

Wie er damals aussah? Wie ein irischer Schriftsteller, mager, mit dunklen Locken. Er war immer pleite. Lief ständig durchs 16. Arrondissement und lieh sich bei irgendwem Geld. Er war attraktiv. Fiel auf mit seinen Anzügen und den eleganten, offenen Hemden, sein kleiner, schmaler Mund stand nie still, er konnte zu jedem Thema etwas sagen, in allen Sprachen. Die Leute fanden ihn geistreich. Ganz sicher fanden sie ihn geistreich. Er machte überall eine gute Figur …«

Sie saßen am Esstisch in einem riesigen Loft in Soho. Eine ehemalige Fabrikhalle, raffiniert in verschiedene Wohnbereiche gegliedert, dazu eine gemütliche Küche mit klug platzierten Schränken. Unverputzte Wände, in den meterhohen, löchrigen Decken noch die alten Sprinklerköpfe, durch die weit geöffneten Fenster schien die Sonne herein. Sie waren zu dritt: Ellen, die morgen ihre erste Einzelausstellung hatte, Mickey, ein mäßig erfolgreicher, außerordentlich talentierter Maler, und Louise, eine Freundin vom Land. Der Freund, von dem sie die ganze Zeit sprachen, hieß Edouardo. Er war am Vorabend zum Essen da gewesen und hatte Louise einen bösen Schlag ins Gesicht verpasst.

»Er ist total verrückt geworden«, sagte Mickey, »aber das steckte immer schon in ihm. In Paris hat er mich einmal aus einem Restaurant gejagt, weil er über irgendeine Bemerkung gekränkt war. Draußen stürzte er sich auf mich und zerkratzte mir das Gesicht.« Er lächelte Louise an. »Aber du, bist du nicht immer seine Prinzessin gewesen? Louise ist über alles erhaben, hieß es immer. Er hält dich jung. Wie die Erinnerung an die Zeit damals in Paris. ›Aus Louise ist etwas geworden ...‹, so spricht er am liebsten über dich ..., ›aus Louise ist etwas geworden.‹«

Ellen lachte. Ihr Lachen klang wie der bedeutungslose Kommentar einer Außenstehenden. Und das war sie auch. Ihre Gefühle für Mickey waren die einzige Verbindung zu den dreien, die Erinnerungen aus fünfzehn Jahren Freundschaft teilten. »Edouardo ist ein Arschloch«, sagte sie. »Ich weiß, du verzeihst ihm, weil du an seine dunklen Locken denkst, an die eleganten, glanzvollen Tage in Armut, aber in Wirklichkeit ist er ein Arschloch.«

»Ein Arschloch ...« Mickey dachte gründlich darüber nach. »Siehst du das auch so?«, fragte er Louise.

»Früher hat er Gedichte geschrieben«, sagte Louise seufzend.

»Jetzt hör aber auf, Schätzchen«, rief Ellen und

lachte. »Niemand hat je eine Zeile zu Gesicht zu bekommen! Klar, er macht gewisse Andeutungen. Wenn er seine sentimentalen Anwandlungen hat, spricht er beiläufig von stillen Streifzügen durchs Land der Lyrik. ›Weißt du was, Edouardo‹, sage ich dann, ›ich würde mich unheimlich freuen, wenn ich ein paar von deinen stillen Gedichten lesen könnte, ich wäre begeistert, glaub mir, hellauf begeistert.‹ Dann seufzt er und sagt: ›Ja, irgendwann mal vielleicht‹, und lässt das Thema geschickt in seiner viel zu engen Hose verschwinden.«

»Ellen kann ziemlich garstig sein, wenn es um Edouardo geht«, entschuldigte sich Mickey und umarmte Louise. »Weißt du eigentlich, wie schön es ist, dich wiederzusehen? Nie verlässt du dein kleines Paradies im Grünen, und jetzt bist du für drei ganze Tage in New York. Morgen sehen wir uns Ellens Ausstellung an, danach schleppen wir dich in ein paar schicke Bars und vergessen hoffentlich die brutale Attacke von gestern Abend. Was macht dein Auge?«

»Tut noch ein bisschen weh«, antwortete Louise leise.

»Du siehst gut aus«, tröstete sie Mickey, »jung, wenn man an deine fünf Kinder, die vielen Gedichte und Theaterstücke denkt, du wirkst so fruchtbar wie eine Frau, die das Glück gefunden hat …«

»Dass ich jetzt auf dem Land lebe, scheint dir ja keine Ruhe zu lassen«, sagte Louise lachend.

»Das ist so gesund, die Gesundheit quillt dir förmlich aus allen Poren: frische Luft und Bäume, plätschernde Bäche und Kindergeschrei …«

»Ich habe längst nicht so viele Kinder«, protestierte Louise.

»Aber du produzierst am laufenden Band … Bücher, Stücke, Kinder … Du rekelst dich den ganzen Tag unter Bäumen und pflanzt dich fort.«

Louise lächelte. »Du hast dir einfach in den Kopf gesetzt, dass ich ein schlichtes Dasein führe –«

»Schätzchen«, unterbrach sie Ellen, »du solltest mal hören, was Edouardo über dein anmutiges Leben sagt. ›Louise hat etwas aus sich gemacht …‹, das ist einer seiner Lieblingssprüche … ›Louise hat die Konsequenzen gezogen und etwas aus sich gemacht.‹« Sie zündete sich eine Zigarette an.

Ellen war klein und dunkel, mit raubtierhaften Augen und dicken Wurstfingern, wie man sie häufig bei Malern findet. Sie und Mickey sahen sich fast ein bisschen ähnlich. Auch er war klein, aber hell, auf abgerissene Weise attraktiv, forsch, anmaßend und manchmal kindisch. Louise wirkte neben den beiden wie eine hübsche, sanfte Hülle.

Mickey nahm Louise wieder in den Arm. Wenn er angetrunken war, wuchs sein Bedürfnis nach Berührungen und Nähe. »Du bist so fruchtbar, ich habe das Gefühl, ich muss dich nur einmal zu fest drücken und du pflanzt dich gleich hier am Tisch fort.«

Louise lachte schallend auf. »Was du dir alles über mich zurechtspinnst ... Kannst du deine Fantasien nicht für dich behalten?«

»Du willst ja bloß nicht wahrhaben, dass du fruchtbar bist«, beharrte er.

»Ich bin keine Kuh.« Sie lachte wieder.

Er ließ nicht locker. »Dann streitest du also ab, dass du etwas Rustikales, Erdverbundendes an dir hast?«

»Meine Güte«, rief Louise, »ich bin bloß eine alte Freundin, die auf dem Land wohnt. Vielleicht bin ich einen Tick ausgeglichener, als ich es hier in New York wäre.«

Louise senkte den Kopf und trank ihren Wein. Mickey sah sie voller Zuneigung an. Ellen kümmerte sich um den türkischen Mokka und das Dessert.

»Erzähl mir mehr von Edouardo«, bat Louise leise.

»Er arbeitet im Museum«, sagte Mickey. »Alle sagen, sie würden ihn gerne loswerden, aber sie beschäftigen ihn weiter, als dritten Assistenten der Museumsleitung oder so ähnlich. Er wird zu den richtigen Vernissagen eingeladen.«

»Meistens taucht er mit Henrietta auf«, fügte Ellen hinzu.

»Er hat sich sogar einen Namen gemacht«, fuhr Mickey fort. »Er sammelt Bilder. Hat schon für einiges Aufsehen gesorgt. Von mir hat er auch welche. Zwei meiner besten, um genau zu sein.«

»Wie findest du das?«, fragte Louise.

»Er macht einen Riesenwirbel darum«, antwortete Mickey gereizt. »Versteh mich nicht falsch, auch andere kaufen meine Kunst, aber bei ihm werde ich darauf gestoßen – ständig.«

»Edouardo geht's nur ums Prestige«, sagte Ellen.

»Klar, aber wenn er auf deiner Ausstellung kein Bild kauft, gehst du an die Decke«, sagte Mickey.

»Du übertreibst mal wieder«, sagte Ellen. »Aber Ricardo rechnet fest damit.«

»Ricardo ist Ellens Galerist«, erklärte Mickey Louise. »Galeristen sind erstklassige Geschäftsleute … Der Kunstbetrieb ist zu einer Modenschau verkommen: schicke Vernissagen, steife Cocktailpartys – alles dreht sich nur ums Äußere.« Er sah Ellen an. »Du bist ausgenommen … Ihre Arbeiten sind gut, echte Kunst«, sagte er zu Louise. Er hob das Glas. »Auf Ellens Ausstellung. Die Galerie ist gut, das zählt in New York noch etwas.«

Ellen schwenkte ihr Glas. »Das heißt, es kommen haufenweise Schmarotzer, die dir das Blut raussaugen wollen, Schätzchen.«

»Sei nicht immer so streng«, sagte Mickey. »Ellen kennt kein Erbarmen«, fügte er für Louise hinzu.

»Musst du gerade sagen« – Ellen lachte – »der einsame Wächter über die Kunst!«

Mickey beugte sich über den Tisch zu Ellen vor. »Sieht man mich so?«

»Aber sicher sieht man dich so, und das gefällt dir.«

»Sie glaubt, mich zu kennen«, sagte Mickey zu Louise. »Sie ist eine Hexe ... aber sie hat recht, ich mache mir nichts aus Mode.«

»Nein, das kann man dir wirklich nicht nachsagen, mein Lieber«, sagte Ellen. »Diese störrischen Fingerchen können nun mal nichts anderes als malen. Er ist ein Genie«, fügte sie für Louise hinzu.

»Und sie ist eine Hexe.« Er lachte rau, ausgelassen vom vielen Wein. »Ich sitze hier mit zwei hyperfruchtbaren Frauen«, tönte er.

»O Gott«, stöhnte Ellen, »ich komme mir vor wie eine Riesenente ...« Louise prustete los. »Er kann's nicht lassen, ist das zu fassen?«, sagte Ellen. Die beiden Frauen kicherten.

Mickey starrte die beiden an, als gehörten sie zu einer betörenden fremden Spezies. »Seht euch nur an«, schrie er fast, »ihr seid kreativ, ihr pflanzt euch fort, ihr lächelt und versprüht dabei noch jede Menge Charme.«

»Und um Mitternacht verwandeln wir uns wieder in Hexen.« Ellen schmunzelte.

»Wir sind ungeheuer fotogen.« Louise verbeugte sich tief.

»Pass auf, Schätzchen«, fuhr Ellen fort, »wetten, Edouardo hat den Schlag auf dein Auge schon zu feinfühliger Poesie verarbeitet?«

»Das Licht, das auf Louise schien, ist erloschen«, sagte Louise mit einer pathetischen Handbewegung.

»Eine passende Grabinschrift für den gefallenen Engel«, stimmte Ellen zu, und die Frauen brachen wieder in Gelächter aus.

Mickey sah sie immer noch fasziniert an. »Ihr wart beide schon mal verheiratet«, sagte er plötzlich.

»Ja, das waren wir!«, entfuhr es ihnen mit rätselhafter, fast übertriebener Begeisterung.

»Dein Mann war Schriftsteller«, sagte Mickey zu Louise.

Louise nickte. »Mit einem hübschen, abstrakten Gesicht, das Schriftstellern so gut steht. Du hast Edouardo mal erzählt, du würdest von meinem Mann nicht viel halten«, sagte sie und kicherte.

»Hat er das gesagt?«

»Bei einem Essen, als er sich mal wieder Sorgen wegen meiner Lebenssituation machte, sagte er zu mir: ›Mickey hat nie viel von deinem Mann gehalten.‹«

»Und wie war das für dich?«

»Ich war sprachlos. Edouardo liebt es, seine Meinung kundzutun, und diese teilte er offenbar. Er verkündet sie wie Tatsachen, und alle Welt soll sich danach richten. Er fand jedenfalls, ich soll mich auf der Stelle scheiden lassen.«

»Hast du aber nicht.«

»Erst Jahre später … allerdings beschloss ich kurz darauf, aufs Land zu ziehen.«

»Und das Leben anzufangen, das Edouardo so bewundert.«

Louise lächelte. »Da ist was dran.«

»Louise kommt glänzend mit ihrer Einsamkeit zurecht.« Ellen kicherte.

»Höre ich da Edouardo?« Louise lachte.

»Fast so, als hätte er sich zur Tür hereingeschlichen ...«

»Ich bin ein Foto ...«

»Und was für eins ...«

»Aber ich habe ein blaues Auge!«

»Louise hat eine gewisse Demut entwickelt.« Ellen verneigte sich würdevoll. »Es wurde auch Zeit, dass Louise eine gewisse Demut entwickelt ...«

*Tote Erinnerungen …
tote Träume*

I

Der H____-Clan ist der einzige mythische Fleck auf meiner Seelenlandschaft, eine bohrende Erinnerung daran, dass ich das letzte Glied einer absonderlichen, von Inzucht geprägten Sippe bin. Meine Mutter, die tote Lillie, heiratete als Erste außerhalb des Clans, und so bescherte sie mir einen Außenseiter als Vater. Aber ihr Blut war so verwässert, dass sie gerade noch meine Geburt überstand.

Für die H____-Sippe bin ich eine Außenseiterin, nicht vollwertig, weil das dunklere Blut meines Vaters durch meine Adern fließt und meine Hautfarbe sich eindeutig von ihrer abhebt. Bei Beerdigungen, Hochzeiten und allen anderen Zusammenkünften des Clans ist man umgeben von anämisch wirkenden Schwarzen mit teigiger Haut von der Farbe leicht verbrannten Zuckers. Trüben, verwaschen blauen Augen. Einem leicht näselnden Südstaatentonfall, die ganze Szenerie irgendwie grotesk.

»Meine Güte, Lillian«, sagen sie zu mir, »du bist

groß geworden, das Kind ist groß geworden.« Dann kichern sie. »Aber heller geworden ist sie nicht …« Und sie kichern wieder. »Wie geht's deinem Vater«, rufen sie, »karrt er immer noch Tote durch die Gegend?«

Für den H____-Clan ist mein Vater zu braun, und diese Sünde hat er noch durch die Wahl seines Berufs verschlimmert: Er ist Leichenbestatter. Beerdigungsunternehmer. Hüter der Toten.

»Deswegen ist die tote Lillie tot«, rufen sie. »Wenn man lange genug über Tote wacht, wird man selber einer …«

Sie geben meinem Vater die Schuld am Tod der toten Lillie. »Dein Vater hat Rosies Lillie (Rosie ist meine Großmutter, die mich behalten wollte, als die tote Lillie starb, aber vor Gericht gegen meinen Vater verlor) in den zweiten Stock verbannt, wenn er unten mit den Leichen zugange war. Sie musste am Telefon sitzen und darauf warten, dass einer anruft und den Leichenwagen bestellt, so musste sie leben, dabei war das Kind doch an Rosies Seidenkleider und Tapeten und Kirschholzmöbel gewöhnt … aber bei ihm musste sie Sekretärin für die Toten spielen. Sie ist keinen natürlichen Tod gestorben, sie war das Herumsitzen leid … ohne Möbel, bloß das Telefon, Rechnungen, die nur durch weitere Leichen beglichen werden konnten, mit einem dicken Bauch und einem Leben, das mit jedem Tag aussichtsloser wurde. Das Kind hat sich nach Rosie gesehnt, nach ihrem Lavendelduft, ihren Schnee-Eiern und ihrem Brotpudding …«

2

»Niemand in dieser Familie wollte, dass Lillie mich heiratet. Ich war zu dunkel, ich hatte kein Geld, und ich war kein Lehrer, und als sie starb, gaben alle mir die Schuld …« Im Gesicht meines Vaters leben Erinnerungen auf. Seine traurigen schwarzen Augen fließen über von früheren Bildern. Mit breiten Schultern und breiter Brust hält er die Vergangenheit lebendig. Er ist immer zerstreut und blickt oft zurück. Wenn die tote Lillie ruft, eilt er zu ihrem Foto. Die Verachtung ihrer Familie brennt in seinen Augen. »Sie hatten Lillie mit irgendeinem Cousin verlobt, als ich sie kennenlernte; sie konnten überhaupt nicht begreifen, warum ich um sie warb. Ich war zu dunkel, hatte nur ein Bestatterdiplom und wusste, wie man Leichen konserviert.«

Die Erinnerungen sind in seinem Gedächtnis eingebrannt. Er muss nur zurückblicken, dann sieht er alles: Die kreisförmige Einfahrt und den Torbogen, durch den er in einem alten schwarzen Packard fährt. Steinhäuser mit großen verkleideten Veranden empfangen ihn. In der Ferne neigen sich die

Trauerweiden. Die tote Lillie wartet auf der Veranda: »Momma, Josh Edwards ist da!« Sie rennt ihm entgegen. »Du siehst so schick aus wie dein Auto«, sagt sie lachend. »Ich hab mich herausgeputzt so gut es ging«, erwidert er lächelnd; sein krauses schwarzes Haar ist ordentlich gekämmt. Rosie kommt heraus. »Angenehm.« Umgeben von einem Dufthauch streckt sie ihm die Hand entgegen. »Das Essen ist fertig, und meine Familie ist da, wollen Sie hereinkommen und sich zu uns setzen?« Der Tisch ist für neun gedeckt. Eine dunkelblaue Damastdecke. Hohe silberne Armleuchter. Narzissen und Gänseblümchen in Hülle und Fülle. Rosie setzt Josh zu ihrer Rechten neben Tante Gert. »Auf Sie warten ganz besondere Gaumenfreuden«, sagt Tante Gert und stupst ihn an. »Seit meinem fünften Lebensjahr komme ich in den Genuss von Rosies Kochkünsten, und nie gab es zweimal das gleiche. Sie pfeift eine kleine Melodie vor sich hin, wenn sie Teig knetet und Pasteten backt, man spürt förmlich ihre hübschen Finger auf allem …« Die Familie neigt den Kopf zum Gebet; Onkel Justin fängt an: »Dieses Essen stammt von unserer eigenen Hände Arbeit, wir wissen, dass wir es angebaut und zubereitet haben. Wir danken einander für die Kraft und die Voraussicht, die uns so weit gebracht haben, und nun bitten wir, dass du deine Gnade und deine Aufmerksamkeit denen zuwendest, die sie brauchen. Tu mir was von der Suppe auf, Rosie«, und er hält ihr seinen Teller hin. »Wenn du betest, kann ich hinterher nie richtig Amen sagen, Justin«, bemerkt Tante Anna. »Ich habe das Gefühl, dass wir den Herrn einfach fortschicken, wenn er sich gerade zu einem guten Essen hinsetzen will.« »Ich habe ihn nicht fortgeschickt, weil ich ihn nicht eingeladen habe«, brummt Onkel Justin. »Wenn ihm Lauchsuppe schmeckt«, wirft Rosie ein, »ist er an meinem Tisch immer willkommen«, und sie klatscht in die Hände. »Gutes Mädchen, Rosie«, brummt Onkel Jethro. Sie schlürfen ihre Suppe. Josh beobachtet sie. Ein misstrauischer Fremder, der sich kaum zu essen traut.

»Was für eine furchteinflößende Geisterschar, wie sie da an Rosies Tisch sitzen …«

Sein Blick schweift in die Runde. Zu Tante Anna mit ihrem blassen, von Leberflecken übersäten Gesicht. Zu Onkel Justin, dessen Haut wie eine Murmel glänzt. Zu Rosie und ihren langen bleichen Fingern mit den hübschen rosa Nägeln. Zu Onkel Jethro, blind wie ein Maulwurf, Haut und Haare hell wie lebloser Zierrat. Zu Tante Gert, grüne Augen, das bernsteinfarbene Haar zu einer Hochfrisur getürmt. Zu Daddy Jim, einer traurig würdevollen Erscheinung mit einer Prise Zimt im Teint.

»Cousins, die Cousinen geheiratet haben, und deren Kinder haben sich wieder mit Cousins und Cousinen zusammengetan, bis das Blut immer dünner, die Haut immer heller und der Verstand immer schwächer wurde, besessen von einer einzigen Idee ... die Sippe auf Teufel komm raus hell zu halten und dafür zu sorgen, dass sie immer heller wird ...« Er schüttelt den Kopf. »... aber mir hat das gefallen ... Lillie hat mich überallhin mitgenommen ... zu Onkel Justin, dem die Farm gehörte, zu Daddy Jims kleiner Schreinerei, zu Jethro und deinem Onkel Obie – er ist inzwischen tot, ihm gehörte eine Druckerei. Rosie hatte einen wunderschönen Garten, mit Hornsträuchern und Magnolienbäumen, irischen Rosen und Azaleen. Es war eine geschlossene Welt, und mir hat das gefallen.«

3

Jeden Sommer verbrachte ich per richterlichem Beschluss drei Wochen bei Rosie. Mein Vater kam nicht mit ins Haus. Rosie schickte Daddy Jim heraus, um mich und meine Sachen zu holen.

»Du bist wieder zu Hause!«, begrüßte Rosie mich und klatschte in die Hände. Leise. Ein kurzes elegantes Klatschen. Sie umarmte mich nicht, freute sich aber, mich zu sehen. »Ich habe einen Orangenkuchen für dich gebacken, und es gibt Schnee-Eier.« Wir sitzen in der Küche, und ihre langen, bleichen Finger mit den rosa Nägeln rollen-kneten-klopfenwickeln, während sie kurze leise Pfiffe ausstößt und mit mir redet. »Morgen lassen wir Verta dein Haar glätten, danach besuchen wir Tante Gert und Onkel Justin. Und Onkel Justin fährt uns nach Cape May zu deiner Tante Anna.«

»Da ist ja die Kleine« – Onkel Justin nickt – »warum sieht sie bloß so gar nicht aus wie Lillie?«, und auf der gesamten Fahrt nach Cape May schüttelt er den Kopf.

»Wie lange noch, Onkel Justin?«

»Wie lange noch? Jede Umdrehung der Räder bringt uns ein Stück näher, Kind, jetzt setz dich zurück und denk darüber nach ... jede Umdrehung der Räder bringt uns ein Stück näher.«

Tante Anna lebt in einem kleinen Haus, das nach Meer riecht. Dunkle Schaukelstühle, graue Läufer, Familienfotos in Holzrahmen.

»Wer ist das, Tante Anna?«

»Das ist dein Onkel Jethro, als er noch klein war ...«

»Und wer ist das?«

»Das ist deine Mutter ... Lillie ... mit meiner Rowena, die in London lebt.«

»Und wer ist das?«

»Das ist wieder Lillie, als sie mit der Lehrerausbildung fertig war.«

»Und das bist du?«

»Ja, das bin ich mit der ersten Klasse, die ich in

Cape May unterrichtet habe ... und hier ist deine Großmutter Rosie, als sie Hauswirtschaftslehre an der Old Ironsides Schule unterrichtet hat.«

Affektierte Tanten in Reifröcken und Onkel mit steifen Krägen. Ich zeichne nach, welche Cousinen welche Cousins geheiratet haben. Ich betrachte die tote Lillie. Wie kann es sein, dass ich mit ihr verwandt bin? Helle Haut, weißer als Mehl. Das Haar, seidig und glatt gezüchtet. Wie kann es sein, dass ich mit ihr verwandt bin?

»Acht Leute an meinem Tisch«, sagt Rosie zu Anna, »mit einem Strauß Chrysanthemen und Prunkwinde in der Mitte und meinem grünen Porzellan. Wir fangen mit dem Fruchtkompott an – frische Blaubeeren, Erdbeeren, Ananas und geraspelte Kokosnuss.« Mit ihren langen, bleichen Fingern zählt Rosie in der Luft alles nacheinander auf. Ihr Hühnerfrikassee in selbstgebackenen Pasteten, ihre frischen Erbsen, ihr dunkler, köstlicher Schokoladenkuchen, ihr selbstgemachtes Pfirsicheis. Atemlos und leise zieht sie uns in ihren Bann und lässt uns in Gedanken ihr Essen kosten. Liegt es an ihrem Kleinmädchen-Schmollmund, der grauschwarzen, nach hinten gekämmten Lockenpracht, ihrem erlesenen Geschmack, den sie zur Schau stellt? Woran liegt es? Meine Rosie, so atemlos und leise.

»Rosie Pierson ist die vornehmste Frau, die mir jemals begegnet ist«, sagt mein Vater, »ich lebe nur für sie. Ich ziehe dich für sie groß. Wegen ihr habe ich etwas aus mir gemacht. Sie ist die vornehmste Frau, die mir je begegnet ist …«

»Aber ihr sprecht doch gar nicht miteinander.«

»Das macht nichts, was es zu sagen gab, hab ich an Lillies Grab gesagt, ich hab es sogar aufgeschrieben und Lillie in die Hand gelegt, bevor ich den Sarg schloss … Lillie weiß Bescheid.«

Onkel Justin weckt mich sanft und trägt mich ins Haus.

»Gute Nacht, Rosie, dem Kind geht es gut. Ein bisschen dunkel, und das ist schwer hinzunehmen, aber ihre Augen sind so wach wie Lillies, und das ist einiges wert … Ich glaube, aus Josh wird auch noch was, sie sagt, er hat schon sein Lehrerdiplom und lernt noch weiter. Er wird es weiter bringen als die meisten, aber Lillie hat einen Mann gebraucht, der einzigartig ist, und das ist er ganz bestimmt nicht.«

Rosie wünscht mir eine gute Nacht, scheucht mich in Richtung Bett und verschwindet, während Daddy Jim mir mein Nachthemd anzieht. »Nacht, meine Kleine, keine Angst, ich weck dich rechtzeitig …«, und er umarmt mich. Daddy Jim achtet darauf, dass ich Rosies Bett nicht nass mache. Vor Tagesanbruch holt er mich aus dem Bett und trägt mich zur Toilette. Er weiß, ich habe Angst, dass ich Rosies Bett nass mache; er weiß es und holt mich immer rechtzeitig. »Nacht, meine Kleine.«

Er lässt mich in dem herrlichen Zimmer mit den gerafften Gardinen und der hübschen lilafarbenen Tapete allein. Ich stelle mir etwas vor, damit ich einschlafen kann. Ich halte die Hand der toten Lillie, und sie sagt zu mir: »Hallo, Lillian, jetzt kannst du von vorne anfangen. Ich bringe dich zu Rosie, zu Onkel Justin und Tante Anna, und diesmal werden sie wissen, wer du bist, jetzt kannst du von vorne anfangen.«

4

»Lillie hat deinen Vater wirklich geliebt«, erzählte mir Tante Gert einmal bei einem Picknick am Nationalfeiertag, als der ganze H___-Clan versammelt war. »Sie war verrückt nach dem Mann … Die Familie hat ihn einmal angeguckt und ist fast tot umgefallen … aber ich fand, er sah gut aus. Nur stand ich damit allein da, denn sie mögen keine Dunklen, aber er war ein attraktiver Dunkler und stach heraus. Es stimmt, er hatte Angst, aber ihm war nur eines wichtig: Lillie. Er wollte sie, und das gefiel ihr, ja, wirklich, wenn man die beiden zusammen sah, konnte man es spüren. Er war groß und schlank; sie war eher pummelig; sie haben zusammengepasst, nicht für alle, aber für mich schon. Rosie wollte, dass die beiden mit dem Heiraten warten. Lillie sollte unterrichten; sie hatte ihr Lehrerdiplom, und Josh sollte weiterlernen und einen Abschluss machen. Aber sie konnten nicht warten. Lillie wurde schnell schwanger, und sie hatten kein Geld. Dann wurde sie gleich am Anfang der Schwangerschaft krank. Josh rief Rosie an, sie sollte kommen und Lillie holen, doch Rosie weigerte sich. Lillie ging sogar ans Telefon und bat sie um Geld. Lillie konnte es nicht ertragen, kein Geld zu haben; sie liebte Josh, aber sie hasste die Rechnungen und die Geldeintreiber, und Joshs Bestattungsgeschäft lief zu der Zeit nicht besonders gut. Aber Rosie wollte nicht kommen, sie schickte nur ein bisschen Geld. Selbst als Lillie im Krankenhaus lag, kam sie nicht, keiner aus der Verwandtschaft, nicht einmal Onkel Justin, der sie wie seine eigene Tochter liebte. Ich besuchte sie … die arme Lillie, sie war eine Frau, die sich nach Vergnügen sehnte, aber diese Sehnsucht nahm sie mit ins Grab … es hat deinem Vater wirklich das Herz gebrochen, dass er ihr nichts bieten konnte … Rosie hätte ihr beistehen müssen, aber Rosie hasst Krankheit und Tod. Ich versuchte, es Lillie zu erklären … Rosie liebt schön gedeckte Tische und gutes Essen, Kreppkleider und hübsche Strohhüte … Onkel Justin und ich haben uns mehr um Lillie gekümmert als Rosie … Ich versuchte Lillie zu erklären, dass ihre Mutter Josh am meisten dafür hasste, dass er nach Tod und farbiger Haut roch, und jetzt verlangte er, dass sie kommen und ihr Kind im Krankenhaus besuchen sollte. Das brachte sie nicht über sich, es ging nicht. Als ich sie anrief und ihr mitteilte, dass Lillie tot war, legte sie einfach auf, und das nächste Mal sah sie Lillie im Leichenschauhaus. Sie ging zu Josh und fragte, ob sie sich um dich kümmern könnte. Josh war einverstanden und sagte, sie könne dich so lange haben, bis er sich wieder gefangen hat, dann wollte er dich wieder zurück.«

5

»Du warst fünf Monate alt, als Rosie dich zu sich nahm, und fast drei, als das Gericht dich zurückgab.« Erinnerungen verdüstern das Gesicht meines Vaters. »Jeden Sonntag kam ich dich besuchen. Sie haben dich feingemacht und in so eine Babywippe gesetzt, aber du hast nie gelächelt, nie meine Hand genommen. Ich fragte, ob du weißt, wer ich bin, ob du weißt, dass ich dein Daddy bin und dass du irgendwann wieder bei mir leben wirst, aber du hast mich nur angeschaut. Manchmal dachte ich, noch so einen Sonntag steh ich nicht durch. Ich durfte nicht mehr ins Haus, als die Sache mit dem Gericht anfing, aber wir sind auf dem Grundstück herumgelaufen. Ich stand da und bewunderte Rosies Garten. Lillie war überall.«

Er erinnert sich an alles. Er hat einen ausgeprägten Sinn für Tod und Schmerz, für die zahllosen Kränkungen, die sein Leben geprägt haben, für das Glück, das ihm genommen wurde, bevor er es auskosten konnte. Er hält inne und erinnert sich.

»Als das Gericht mir das Sorgerecht zusprach, zog Rosie dir zum Abschied ein rotweißes Pünktchenkleid an. Daddy Jim trug dich zum Auto und setzte dich auf den Beifahrersitz. ›Wiedersehen, Kind‹, sagte er … und du hast ihn angeschaut und nicht geweint, du hast kein Wort gesagt. Wir gaben uns die Hand, und dann fuhr ich mit dir nach Hause.«

Es war dunkel. Roch das Haus nach verwelkten Blumen? Bin ich im Schlaf gewandelt und fand dich in der Dunkelheit auf den Knien? »… Das Kind ist jetzt bei mir, Lillie, sie ist hier im Haus, ab jetzt ziehe ich sie groß.«

»Ich dachte, ich hätte einen schrecklichen Fehler gemacht. Du hast nicht gesprochen. Wenn ich dich gefragt habe, ob du weißt, dass ich dein Daddy bin und du deshalb bei mir bist, hast du mich nur angeschaut. Du hast getan, was ich von dir verlangt habe, du warst sehr brav, aber du hast nicht gesprochen. Ich dachte mir: Dieses Kind wird mich nie lieben, es weiß gar nicht, wer ich bin, wie konnte ich mir einbilden, dass es zu mir gehört? Ich dachte, ich müsste dich zurückgeben, und kam zu dem Schluss, dass ich dich nicht behalten kann, wenn du nicht glücklich bist, auf keinen Fall, dass ich dich nicht jeden Morgen wecken kann, ohne etwas zurückzubekommen, keinen guten Morgen, keine Umarmung, nicht mal ein Lächeln. Ich hielt es nicht mehr aus, ich wollte Rosie anrufen, auch wenn es mir für immer das Herz brach; ich wollte sie anrufen und ihr sagen, dass sie kommen und dich holen soll. ›Ich glaube, du solltest wieder zu Rosie‹, sagte ich zu dir ... Wir saßen an diesem Tisch hier, ich hab dir dein Frühstück gemacht. ›Ich glaube, du magst deinen Daddy nicht‹, sagte ich, ›ich glaube, du vermisst Daddy Jim und Rosie ...‹, und ich fing an zu weinen ... brach völlig zusammen ... ›Aber egal, ob du mich magst oder nicht, ich muss dich behalten ...‹ Das war das letzte Mal, dass ich daran dachte, dich aufzugeben.«

6

Die Tage bei Rosie beginnen strahlend und frisch. Die Böden riechen nach Tannenzapfen. Wenn ich ein Bad nehme, sitze ich in blauweißem Schaum mit Lavendelduft, und in meiner Hand schmilzt runde Zitronenseife. In diesem wunderbaren kleinen Haus scheint immer die Sonne.

»Ich habe dir Kalbsbries gemacht, Lillian« – Rosie klatscht in die Hände – »Bries in Sahnesauce auf getoasteten Brötchen, das essen wir zum Frühstück.«

Sie hantiert in der Küche, schnippelt, raspelt, rührt, mischt und redet dabei in kurzen pfeifenden Atemstößen. »Hast du schon meine Kapuzinerkresse gesehen? Schau sie dir an, Kind, später gehen wir in den Garten und gießen alles ein bisschen, aber da … nimm die Schere … hol uns ein paar für den Tisch, einen schönen Strauß, damit wir was Frisches und Sonniges zum Frühstück haben.«

Am liebsten würde ich Rosie umarmen, weil ihre Küche so gut nach Pudding und Pasteten riecht, nach Braten und Weißbrot, Brötchen und Muschelsuppe; in ihrem Garten duftet es herrlich nach Flieder und Myrrhe.

»Hast du Rosie erzählt, dass ich inzwischen Lehrer bin?«, fragt mein Vater.

»Natürlich …«

»Und was hat sie dazu gesagt?«

»Sie hat in die Hände geklatscht.«

»Und hast du ihr erzählt, dass ich in ein paar Jahren meinen Doktortitel habe?«

»Natürlich …«

»Und was hat sie dazu gesagt?«

»Sie hat gesagt: ›Oh, das ist schön, wirklich schön.‹«

»Als dein Vater zum ersten Mal hier war«, sagt Rosie beim Frühstück zu mir, »habe ich blutiges Steak serviert, das wie Butter auf der Zunge zerging, gebratene Kartoffeln mit Pilzen, grüne Bohnen und einen Orangenkuchen, der genauso gut war wie der, den du seit deiner Ankunft hier verschlingst. Er hatte einen hellbraunen maßgeschneiderten Anzug an, und meine Lillie hat ihn vorgeführt wie den Mann der Stunde. Aber zwei Gründe sprachen von vornherein gegen ihn: Er hat Tote begraben, und meine Lillie war schon mit einem entfernten Cousin von deinem Onkel Jethro verlobt, der Lehrer an der Old Ironsides war. Er hieß Randolph. Dein Vater war tatkräftiger, aber er hatte auch Angst. Ich habe das gespürt, Lillie nicht. Lillie hatte schon ihr Diplom. Er hatte nichts. Ich nehme ihm übel, dass er sie geheiratet hat, ohne etwas zu haben. Aber es überrascht mich nicht, dass er es zu was gebracht hat. Er war tatkräftig, das sah man ihm an.«

An den Nachmittagen bei Rosie spiele ich im Sumpf und stelle mir vor, dass Wassermokassinschlangen hinter mir her sind und ich im Treibsand hinfalle und Pfeile durch die Luft schwirren. Wenn ich dann nass und schlammbespritzt nach Hause komme, setzt Daddy Jim mich in die silberne Waschwanne und macht mich sauber. Er sagt nie ein Wort, aber er umarmt mich oft, wenn er mich abtrocknet, mir frische Kleider anzieht und mich dann zum Nachmittagstee zu Rosie schickt. »Es gibt Sandwiches mit Geflügelsalat, gute gefüllte Eier, ein großes Glas Aprikosennektar und Schnee-Eier zum Nachtisch.« Ich bin blitzsauber und rundum glücklich bei Rosie in der Küche.

»Hast du Rosie von dem Haus erzählt?«, fragt mein Vater.

»Natürlich.«

»Von unseren großen Zimmern und dem Garten? Hast du ihr von meinen Rosen erzählt?«

»Ich habe ihr alles erzählt, von meinem großen Zimmer mit der neuen Tapete, dem Esszimmer mit den Eichenmöbeln, alles.«

»Und was hat sie gesagt?«

»Sie hat gepfiffen …«

»Dein Vater ist der seltsamste Mann, den ich kenne«, sagt Rosie beim Tee zu mir. »Er ist so umtriebig, dass ihn nicht mal der Tod einholen kann, ständig ist er in Bewegung. Nichts kann ihn aufhalten, er bekommt alles, was er will …«

Abends spielen wir bei Rosie immer Karten. Bridge, Canasta, Whist. Es gibt gedünsteten Lachs mit Spargel, als Nachtisch frischen Rhabarberkuchen.

»Finden sie, dass du gute Manieren hast?«, fragt mein Vater.

»Ich glaube schon …«

»Und was sagen sie dazu?«

»Rosie klatscht in die Hände, und Daddy Jim lächelt.«

»Eines muss man deinem Vater lassen«, sagt Rosie beim Kartenspielen zu mir. »Er ist der beste Bridge-Partner, den ich je hatte. Er reizt sein Blatt immer aus und macht das Spiel …«

Ich würde Rosie so gern umarmen. Alles an ihr ist weich und vollkommen. Aber sie lässt sich nicht von mir umarmen. Was für eine Enkeltochter hast du dir gewünscht, Rosie? Ein geschniegeltes, ordentliches Kind mit glänzendem Haar? Wie bin ich zu dieser dunklen Haut und den wuscheligen Haaren gekommen? Wie hat die tote Lillie das bloß geschafft?

»Redet Daddy Jim eigentlich auch manchmal?«, fragte ich einmal meinen Vater.

»Nicht in den Jahren, als ich sie besucht habe. Das Reden übernimmt Rosie. Das Haus lächelt, und Rosie redet. Daddy Jim nickt nur.«

7

Dünen. Wind und Sonne. Picknicktische. Mächtige Wellen, die sich in der Ferne brechen. Grüppchen von hellhäutigen Frauen mit Strohhüten. Ich sitze neben Rosie. Onkel Justin sitzt mir gegenüber und sucht in meinen Augen nach der toten Lillie. Tante Lou Lou kommt mit meiner Cousine Jocelyn zu uns.

»Hallo Rosie, Lillian ist diesen Sommer also wieder bei dir … Wie geht es dir, Lillian? Du bist groß geworden, es ist schön, dich wiederzusehen«, sagt sie mit ihrer affektierten näselnden Stimme. »Ich habe Jocelyn mitgebracht, Rosie. Ich dachte, die Mädchen könnten spielen, während die Großen ein bisschen plaudern.« Sie lächelt durch ihre steifen Wangen, die aufgebläht sind wie Wolken, ihr dunkelrotes Haar ist zu einem strengen Knoten gebunden. Ich kann Tante Lou Lou nicht ausstehen. Keine Ahnung, warum. Ich kann sie einfach nicht ausstehen.

»Sie ist ein schauriges Stück Fleisch«, sagt mein Vater. »Ich weiß nicht, wer von Rosies Geschwistern ihr Elternteil ist, aber ich schätze mal, sie haben sich untereinander gekreuzt …«

»Willst du Scrabble spielen?«, fragt Jocelyn in dem gleichen aufgesetzten Ton.

»Von mir aus«, antworte ich und bin stolz auf die vielen Spiele, die Rosie mir beigebracht hat. Wir suchen uns einen Tisch und fangen an zu spielen. Rosie bringt uns gefüllte Eier, Sandwiches mit Geflügelsalat, Frischkäse und Oliven, einen vollen Krug mit Aprikosenpunsch.

»Du kannst das erste Wort legen«, sagt Cousine Jocelyn.

»A-N-D-A-C-H-T.« Alle sieben Buchstaben sind verbraucht.

»Das ist ziemlich gut«, und sie legt ein Wort mit sieben Buchstaben an: S-T-U-P-I-D-E.

»Ich weiß, was das bedeutet«, sage ich. »Rosie hat mir das Wort erklärt. Es bedeutet dämlich, dumpf.«

»Lillian, komm, ich stelle dir deine Cousine Rowena vor, sie ist gerade aus London gekommen.«

Die blasse Frau auf Tante Annas Foto.

»Hallo, Lillian. Ich habe deine Mutter gut gekannt, von allen Cousinen standen wir uns am nächsten. Wie geht es dir, mein Kind?« Sie hat eine melodiöse Stimme und strahlt mich an.

»Rowena war Lillies beste Freundin«, sagt mein Vater. »Sie hatte Mumm und ging nach London, wollte Schauspielerin werden. Sie war nicht so hübsch wie Lillie, aber ihre Stimme war einfach hinreißend. Wie ist sie denn jetzt so?«

Rowena nimmt meine Hand, und wir gehen am Strand spazieren. »Ach, wir hatten wirklich eine wunderbare Zeit, deine Mutter und ich. Wusstest du, dass deine Mutter sehr lustig war? Sie hat sich immer die guten Streiche ausgedacht, ich habe nur mitgemacht. ›Mensch, Lillie‹, sagte ich oft, ›wenn wir das machen, kriegen wir richtig Ärger, Onkel Justin bringt uns um, wenn er das erfährt.‹ Aber Lillie ließ sich nicht aufhalten, sie war unglaublich mutig. Ich habe ein ganzes Poesiealbum mit Reimen von ihr über alle Verwandten, Tante Gert, Onkel Justin, Rosie … keiner ist verschont geblieben … sie hat sich die pfiffigsten Sachen ausgedacht …«

»Du hast meine Mutter gemocht …«

»O ja … sehr sogar …« Sie fängt an zu weinen.

Und dann sehe ich die tote Lillie vor mir. Sonnenklar. Sie strahlt. Sie umfängt mich mit ihren weichen Armen. Plötzlich weiß ich, dass es mich gibt. Ich kann mich fühlen.

»Warum ist sie gestorben?«

»Ach, mein Kind, wenn ich das bloß beantworten könnte ...«

8

Jeden Morgen ruft mein Vater vor meiner Tür: »Lillian, es ist Zeit aufzustehen.« Dann höre ich, wie er die Dusche aufdreht. Er führt Selbstgespräche: »Ganz bestimmt nicht, den Tag wirst du nicht erleben. Natürlich hätte ich gern den Job, das wäre ein Geschenk des Himmels. Ich könnte das Geschäft verkaufen, das Kind auf eine Privatschule schicken. Aber dass ich ihn so bekomme, den Tag wirst du nicht erleben, ganz bestimmt nicht.« Er läuft nackt an meinem Zimmer vorbei und hält sich ein Handtuch vor sein Geschlechtsteil. Die tote Lillie beobachtet mich, während er sein *Daily Word* liest und sein Morgengebet spricht. Als er nach unten geht, schleiche ich in sein Zimmer. Die tote Lillie sieht zu, wie ich an seinem Kölnischwasser rieche, seine Schubladen öffne, wo jede Menge schwarze Socken in ordentlichen Rollen liegen, Sockenhalter und ärmellose Unterhemden, weiße Boxershorts und frisch gereinigte Hemden. Ich spiele mit seinen Schlüsseln, nehme die Schuhspanner aus seinen Schuhen und stecke sie wieder rein, zähle seine

Krawatten und ordne sie neu auf dem Silberring. Ich entschuldige mich bei der toten Lillie, weil ich in seinen Sachen herumschnüffle. Ich starre sie an. Das runde volle Gesicht. Die dunklen Augen, die mir nie etwas sagen. Dann entferne ich mich rückwärts von ihr und gehe nach unten.

Es gibt Scrapple, Toast und Spiegeleier. Er führt immer noch Selbstgespräche: »... ganz bestimmt nicht, und das eigentliche Problem an der Sache, mit dem sich niemand beschäftigen will, macht mir wirklich zu schaffen ...« Er tut mir Essen auf. »Am Freitag gehen wir in die Met, ich habe Stehplätze. Wir gehen essen, und am Freitag darauf möchte ich dich zu den Philharmonikern entführen.« Obwohl er oft geistesabwesend ist, bin ich immer in seinen Gedanken.

Er verfällt wieder ins Grübeln: »Ich hab dem alten Watson gesagt, dass ich den Job nur annehme, wenn er mir ohne Hintergedanken angeboten wird wie jedem anderen mit meinen Referenzen, jawohl ...«

Er sieht schick aus. Sein schwarzes krauses Haar ist gescheitelt. Er trägt einen grauen Anzug mit einer Fliege. Schwarze Schuhe, die glänzen. Tadellos. Rechtschaffen. Überlegen. »Ja, Sir, alles hat seine Ordnung, und genau das respektiere ich. Ich glaube nicht, dass jemand den Tag erlebt, an dem Josh Edwards eine Sache nicht so angeht, wie er es für richtig hält. Nein, Sir, so viel steht fest ...«

Am Abend flicht er mir die Haare. Er kämmt sie grob. Seine schweren Hände ziehen Strähnen von meiner Kopfhaut und flechten sie zu vier strengen Zöpfen. Es tut weh. »Aus deinem Haar lässt sich was machen. Es wird zwar nie so glatt sein wie Lillies, aber wir können was draus machen.« Er schrubbt mein Gesicht, wäscht mir die Ohren, legt meine Kleider für den nächsten Tag bereit.

»Nacht, mein Kind, gib dir Mühe, nicht ins Bett zu machen.«

»Wie ist die tote Lillie gestorben?«

»Erst hat sie Rippenfellentzündung gehabt und dann Meningitis ... sie konnten nichts tun.«

»Hat sie mich jemals gesehen?«

Er erinnert sich nicht: »Ich weiß nicht, ich weiß nur, dass sie bald nach der Entbindung ins Koma fiel, dann haben wir dich nach Hause gebracht. Ich bin ständig hin- und hergefahren. Dann hat Rosie dich zu sich genommen.«

»Sie ist nur einmal aus dem Koma aufgewacht, und die einzige Person, nach der sie gefragt hat, war Rosie.«

Er blickt über meine Schulter, als sähe er etwas. Die tote Lillie im Krankenhausbett? Rosie im Leichenschauhaus?

»Tante Gert hat behauptet, Rosie wäre unterwegs. Ich saß am Fußende des Bettes und habe darauf gewartet, dass sie mich erkennt.«

Er blickt über meine Schulter, als sähe er etwas. Die tote Lillie, die ihn anstarrt? Oder Tante Gert, die Rosie anfleht zu kommen?

»Ich glaube nicht, dass sie dich jemals gesehen hat, Lillian, ich wüsste nicht, wann …«

9

Daddy Jim ist gerade gestorben. Ich fahre mit meinem Vater zu Rosie. Sie sitzt am Fenster und weint. »Meine Lillie ist tot, und jetzt ist mein Jim tot …« Sie sieht uns an.

»Hallo, Rosie«, sagt mein Vater. »Du weißt, ich habe oft an Daddy Jim gedacht. Ich konnte nicht kommen.«

Er sieht sich um und lächelt. Er ist zu Hause. Er ist wieder bei Rosie, und er ist zu Hause. »Wir müssen ein bisschen aufräumen, Rosie. Es werden viele Leute kommen. Hast du schon Essen vorbereitet?«

Er fängt an, ihre Sachen aufzuräumen. Ihr Seidennachthemd und den Morgenmantel, die auf dem Bett liegen. Vorsichtig hebt er beides auf und hängt es in den Schrank. Er macht ihr Bett, zieht das Laken stramm, klopft das große Paradekissen in Form, zupft die schöne Satindecke zurecht.

»Lillian, jetzt hilf mir beim Staubwischen, und die Fußböden wischen wir auch noch kurz.«

Er zieht von Zimmer zu Zimmer, räumt auf, wischt Staub, poliert und führt dabei Selbstgespräche.

»Soll ich einen Kuchen backen?«, fragt Rosie ihn.

»Wenn dir danach ist, fände ich das nicht schlecht.«

Sie steht auf, und er folgt ihr nach unten in die Küche.

»Was machen deine Geranien?«, höre ich ihn fragen. »Du weißt, ich habe dieses Frühjahr Kapuzinerkresse gepflanzt, aber was du wirklich sehen musst, sind meine Rosen – sie blühen in allen Farben des Regenbogens, Rosie. Wenn ich in meinen Garten gehe, bin ich sprachlos über den Anblick, der sich mir bietet.«

Sie fangen an, über die Beerdigung zu sprechen.

»Du hast hoffentlich den alten Newcombe engagiert … er ist der einzige anständige Bestatter in der Gegend. Welchen Anzug wollen wir ihm anziehen? Ich geh mal nach oben und suche einen aus, dazu eine schöne Krawatte. Er soll aussehen wie immer, Rosie.«

Ich höre ihn in Daddy Jims Ankleide: »… ja, Sir, und wenn sich etwas richtig anfühlt, muss man es tun … Aber sie hat einfach dagesessen, und es war der richtige Zeitpunkt … ja, Sir, als ich durch die Tür kam, wusste ich, es war der richtige Zeitpunkt.«

Er legt Daddy Jims dunkelblauen Nadelstreifenanzug auf das Bett, dann saubere Unterwäsche, ein schönes hellblaues Hemd und eine Fliege. Er tritt zurück und begutachtet seine Wahl. »Damit wird er prima aussehen. Wo sind eigentlich seine Manschettenknöpfe und seine Uhr? Und ich frage mich, was Rosie mit seinem Ehering vorhat.«

Er ruft bei Newcombe an, dem Bestatter: »Mr Newcombe, hier ist Josh Edwards, der Schwiegersohn von Rosie Pierson. Genau. Wir haben jetzt alles für Sie vorbereitet. Nein, Rosie ist eine Beerdigung am Vormittag bestimmt lieber, setzen Sie die Totenwache für morgen Abend an, genau. Und am nächsten Vormittag um elf die Messe. Wenn Ihre Leute ihn einbalsamiert haben, rufen Sie mich an … Ich möchte mir den Leichnam ansehen, bevor Rosie ihn sieht.«

Dann ruft er das Blumengeschäft an: »Hier ist Josh Edwards, der Schwiegersohn von Rosie Pierson … genau … Vielleicht haben Sie es schon gehört, mein Schwiegervater ist gerade gestorben … genau … vielen Dank … Also, ich möchte drei große Gestecke bestellen, eines von seiner Frau, eines von seinem Schwiegersohn und eines von seiner Enkeltochter, genau … Ich sage Ihnen jetzt, welche Blumen in welches Gesteck sollen …«

Er denkt an alles. Welche Predigt der Pastor halten, welche Lieder der Chor singen soll. Den Text der Totenrede, die Rosie vorlesen muss. Wie viele Freunde eine Rede halten. Er denkt an alles. Sogar die tote Lillie kommt zu Wort:

Kein Kind hatte je einen Vater
So gut und so fein wie mein Jim.
Seine Liebe ist so breit wie ein Fluss,
Deshalb wird sie niemals versiegen.
Er denkt immer daran, mich ins Bett zu bringen
Und mir eine gute Nacht zu wünschen.
Er ist niemals mürrisch und muffig
Und hat überhaupt keine Lust auf Streit.

Er denkt an alles. »Also, Rosie, das Essen, was meinst du?« Seine traurigen schwarzen Augen sind groß und wach, die Lippen gepresst. Was noch, Rosie?, fragen seine Augen. Was soll ich noch erledigen?

Rosie holt ihr kleines Notizheft und macht eine Einkaufsliste. Sie zählt alles auf. Rahmspinat mit Pilzen. Löffelbrot und selbstgebackene Brötchen. Gegrillte Tomaten und grüne Bohnen. Kapaun und Wildente. Sie zählt alles auf.

»Klingt das nach einem guten kleinen Essen?«, fragt sie und klatscht in die Hände. Leise. Ein elegantes, kurzes Klatschen.

»... die Gefühle, die früher den Raum erhellten.«

Nachwort von Daniel Kampa und Cornelia Künne

In den letzten dreizehn Jahren seines Lebens packte Andy Warhol 610 Kartons mit persönlichen Gegenständen und Papieren, die er nie wieder öffnen sollte. Er nannte sie *time capsules*. Heute werden diese legendär gewordenen Wunderkammern seines Lebens und Schaffens nach und nach geöffnet. Literarische Zeitkapseln sind auch die vorliegenden Erzählungen von Kathleen Collins – vor fast einem halben Jahrhundert geschrieben und erst jetzt zu lesen. Nicht in einem Karton waren sie verpackt, sondern in einer hölzernen Schiffstruhe. Dorthin hatte Nina Collins sie nach dem frühen Tod ihrer Mutter gelegt.

Zwei Jahrzehnte lang war diese Truhe immer bei Nina: »Zunächst stand sie als Couchtisch in meinem ersten, winzigen Apartment, später, in meinen Zwanzigern, am Fuß meines Betts; als ich schließlich in ein Haus zog, wurde sie doch in den Keller verbannt. Wie oft wollte ich hineinsehen und traute mich nicht.

Die Handschrift meiner Mutter zu sehen, ging mir zu nah. Auch nach so vielen Jahren hätte es mich zu traurig gemacht, ihre Stimme wieder zu hören.«

1988, die 19-jährige Nina studierte in Wien, rief ihre Mutter an, die ihr offenbarte, sie sei an Krebs erkrankt. Nina solle nach Hause kommen, sich aber keine Sorgen machen. Nina flog umgehend nach New York. Zwei Wochen später war Kathleen Collins tot. Sie hatte ihre Krebserkrankung monatelang vor der eigenen Tochter geheim gehalten.

Als Nina Collins endlich den Mut fand, die Truhe zu öffnen, fand sie Fotos, Tagebücher, Notizen und Briefe darin und, wie erwartet, Dreh- und Rollenbücher: Kathleen Collins war vor allem Filmemacherin und Dramatikerin gewesen. Eine Überraschung aber waren vergilbte Manuskripte mit Prosatexten, nicht bloß Skizzen oder Fragmente, sondern abgeschlossene Erzählungen von offensichtlicher Qualität – und das, obgleich sie nie redigiert worden waren. 2016 erschienen diese Erzählungen in den USA. Es war die Geburtsstunde einer Schriftstellerin, die von der Presse und von Autorinnen wie Zadie Smith, Miranda July, Kit de Waal oder Leslie Jamison überschwänglich gefeiert wurde, wenn auch erst posthum. »Eine vielschichtige Offenbarung«, befand der *New Yorker*. Henry Louis Gates, Jr., einer der herausragenden schwarzen Intellektuellen und bedeutender Vertreter der African American studies, sprach von »einem lange verborgenen, endlich geborgenen Edelstein«.

Diese Diskrepanz zwischen völliger Erfolglosigkeit zu Lebzeiten und posthumem Ruhm erinnert an Lucia Berlin, die ebenfalls erst nach ihrem Tod in das literarische Pantheon einzog. Mit dem traurigen Unterschied, dass es sich in Collins' Fall nicht um eine *Wieder*entdeckung handelt, sondern um eine genuine Entdeckung: Zu Collins' Lebzeiten erschien nur eine einzige Erzählung, noch dazu in einem obskuren Literaturmagazin. Vergeblich hatte Collins nach Möglichkeiten gesucht, ihre Geschichten zu veröffentlichen: In der Schiffstruhe lagen auch etliche Absagebriefe, darunter einer von Alice Walker, deren Roman *Die Farbe Lila* entscheidend dazu beitrug, weiblichen afroamerikanischen Stimmen in der männlich dominierten weißen US-Kulturlandschaft Gehör zu verschaffen. Als Redakteurin beim *Ms. Magazine* hatte Walker 1975 Collins' Erzählungen geprüft: »Wir haben die Storys so lange hierbehalten, weil wir sie sehr mochten«, schrieb sie Collins und fügte hinzu: »Die Freunde, die Ihnen gesagt haben, Sie seien gut, haben recht.« Ein Platz für eine Veröffentlichung fand sich trotzdem nicht.

Auch als Filmemacherin war Kathleen Collins zu Lebzeiten kein Erfolg beschieden: Nur einem sehr kleinen Kreis von Künstlern und Akademikern war sie bekannt. Und nach ihrem Tod geriet ihr filmisches Werk vollkommen in Vergessenheit. Parallel zur Veröffentlichung der Erzählungen in den USA kam Collins' Spielfilm *Losing Ground* zum ersten Mal in die Kinos, und die Regisseurin wurde als Pionierin des weiblichen afroamerikanischen Films wiederentdeckt.

»Der Sommer wurde noch heißer und einsamer. Ich fing an, abends zwischen sechs und acht über die Brooklyn Bridge zu gehen, und schliff die Kanten meiner Traurigkeit im leuchtenden Sonnenuntergang, ließ sie mit dem Rauschen des Verkehrs, das unter mir wie Brandung auf- und abschwoll, und dem fahlen Glanz der New Yorker Skyline verschmelzen.«

Kathleen Collins wurde in eine aufstrebende afroamerikanische Mittelschichtsfamilie hineingeboren, deren Vorfahren, Farmer, sich bis 1700 zurückverfolgen lassen. Ihr Vater, ursprünglich im Bestattungswesen tätig, hatte sich zum Leiter einer Grundschule (die später nach ihm benannt wurde) hochgearbeitet und wurde als erster Afroamerikaner ins Parlament von New Jersey gewählt. Die Mutter starb fünf Monate nach Kathleens Geburt, das Verhältnis zur Stiefmutter war kühl. Ein Gefühl der Isolation war der Grundtenor ihrer Kindheit und Jugend.

Auf die Frage im College-Jahrbuch, was sie am meisten liebe, antwortete Collins: »das Theater und New York City«. Dass das Kulturmekka jenseits des Hudson River für die 1942 in New Jersey geborene Collins ein Sehnsuchtsort war, verwundert nicht, interessierte sie sich doch schon früh für Literatur und für das Schreiben. Mit fünfzehn gewann sie einen Lyrik-Vorlesewettbewerb. Sie schrieb für die Schülerzeitung, und später am Skidmore College in Saratoga Springs, wo sie Französische Literatur, Theologie und Philosophie studierte, auch für die Unizeitung – dort vor allem politische Artikel. Die Bürgerrechtsbewegung hatte ihr College erreicht.

Im Sommer 1961 half sie sieben Wochen lang im Kongo beim Aufbau eines Jugendzentrums. Dort lernte sie auch ihren künftigen Mann, Douglas Collins, kennen, den Vater ihrer Kinder. 1962 schloss sie sich dem Student Nonviolent Coordinating Committee (SNCC) an, agitierte in Georgia für das Wahlrecht der schwarzen Bevölkerung und wurde zweimal inhaftiert. Collins' stärkste Waffe war das Wort, sie wurde zu einem Sprachrohr der Bürgerrechtsbewegung in ihrer Heimatgemeinde in New Jersey.

Nach ihrem Abschluss in Theologie und Philosophie unterrichtete Collins für kurze Zeit Französisch an einer Highschool in Massachusetts, bevor sie mit einem Stipendium ein Masterstudium in Französischer Literatur an der Pariser Sorbonne absolvierte. Ein Seminar über Literaturverfilmungen weckte ihr Interesse am Film, und sie begann für die *Cahiers du Cinéma* zu übersetzen.

Nach ihrer Rückkehr aus Paris arbeitete Kathleen Collins zunächst beim Radio, als Cutterin beim Film und als Regieassistentin bei diversen Broadway-Produktionen. 1974 wurde sie Professorin für Filmgeschichte und Drehbuchschreiben am City College in New York. Ihr erstes Drehbuch hatte sie da bereits abgeschlossen, es blieb aber, wie vieles andere, in der Schublade liegen. »Niemand wollte einer schwarzen Frau Geld für einen Film geben. Es war wohl die frustrierendste Zeit meines Lebens«, so Kathleen Collins. Sie war dreifach benachteiligt: als Schwarze, als Frau, als Künstlerin.

Ihren ersten Film produzierte sie 1980 mit nur 5000 Dollar. Der zwei Jahre später entstandene Spielfilm *Losing Ground* über ein intellektuelles afroamerikanisches Paar, das in einer schweren Ehekrise steckt, konnte ebenfalls nur unter äußerst prekären finanziellen Bedingungen und durch die Selbstausbeutung aller Mitwirkenden fertiggestellt werden (ganz zu schweigen von der Selbstausbeutung der Regisseurin: Die später vielgelobten Filmkostüme entstammten Collins' eigenem Kleiderschrank). Wut über die immerwährenden finanziellen Probleme und ihre

Erfolglosigkeit gepaart mit Depressionen wurden Kathleen Collins' ständige Begleiter. Auch in der Liebe hatte sie kein Glück: Ihre Ehe zerbrach nach wenigen Jahren, die beiden Kinder (neben Nina gibt es noch den Sohn Emilio) zog sie praktisch allein auf.

Wie beim französischen Autorenkino standen das Schreiben und eigenes Erleben im Zentrum ihrer Arbeit. Tochter Nina erinnert sich, dass das Surren und Klackern der elektrischen IBM-Schreibmaschine ein ständiges Hintergrundgeräusch ihrer Kindheit war. In einem Interview mit Ann Kathrin Doerig (zu finden auf YouTube und auf kampaverlag.ch) erzählt sie: »In meiner Erinnerung schrieb meine Mutter unablässig. Wir lebten in Piermont, New York, am Hudson River. Ihr Schlafzimmer war ein schönes großes Zimmer mit zwei Fenstern, aus denen man hinaus auf den Fluss sah. Bis dreizehn, vierzehn Uhr durften wir sie nicht stören. Immerzu kritzelte sie irgendetwas, überall lagen Notizen, Zitate herum.« Nur ab und zu wurde das Tippen von Musik unterbrochen. Dann hallte Tina Turner durch die Räume, und Kathleen Collins tanzte im Wohnzimmer. »Wenn ich an meine Mutter zu dieser Zeit denke, sehe ich Overknees, Minirock, Afrofrisur, stark geschminkte funkelnde Augen – traurigen Glamour.«

»Sie sehnte sich nach Liebe«, erinnert sich Nina. »Eigentlich hatte sie nie eine richtige Beziehung. Sie wollte keine Kompromisse eingehen. Und im Grunde war ihr die Arbeit am wichtigsten.« Das Gefühl der Einsamkeit, das Kathleen Collins von Kindesbeinen an kannte, warf weiterhin einen Schatten auf ihr Leben. In der Erzählung *Innen* sagt die weibliche Stimme: »Es gehörte zu den schöneren Momenten, als ich begriff, dass kein Mensch den Qualen der Einsamkeit entkommt.«

1987 schien ein spätes Glück möglich: Collins heiratete den afroamerikanischen Philosophen und Verleger Alfred Prettyman, der die Society for the Study of Africana Philosophy leitete. Doch eine Woche nach der Hochzeit wurde bei ihr Krebs diagnostiziert. Die Erkrankung, die sie nicht nur vor ihrer Tochter geheim hielt, hemmte aber keineswegs ihre Schaffenswut. Als Kathleen Collins ein Jahr später, im Alter von nur 46 Jahren, starb, steckte sie mitten in der Arbeit an einem Drehbuch, einem Musical, ihrem sechsten Theaterstück und ihrem ersten Roman.

»… wo morgens die Sonne durchs Fenster scheint und ich nicht in einem dunklen, erdrückenden Schacht aufwache.«

Die Londoner *Sunday Times* nannte Kathleen Collins' Erzählungen »Momentaufnahmen aus einer Zeit, als eine bessere Zukunft möglich schien, wenn man nur dafür kämpfte.« Kathleen Collins führt uns in die kämpferischsten und zugleich hoffnungsvollsten Jahre der jüngeren amerikanischen Geschichte, in die Zeit der Bürgerrechtsbewegung, als die Schwarzen für ihre Rechte kämpften.

1955 wurde Rosa Parks in einem Bus verhaftet, nachdem sie sich geweigert hatte, ihren Platz für einen Weißen zu räumen. 1957 musste die Nationalgarde in Little Rock, Arkansas ausrücken, um neun schwarzen Schülern den Zutritt zu einer bislang ›weißen‹ Highschool zu ermöglichen. Die Live-Berichterstattung brachte die hässlichen Bilder der Segregation in die Wohnzimmer der Amerikaner, die Politiker standen unter Zugzwang. Höhepunkt der Bewegung war der »Marsch auf Washington« am 28. August 1963. Vor einer Viertelmillion Demonstranten und Millionen Zuschauern vor den Bildschirmen fasste Martin Luther King seinen Traum vom Ende der Rassentrennung in Worte.

Eine Welt, in der das Leben nicht entweder schwarz oder weiß war, schien möglich. Collins erweist sich als präzise Beobachterin dieser Umwälzungen, die ein ganzes Land und eine Generation in Atem hielten. »Integration heißt der pulsierende neue Beat«, »Gemeinschaft war wieder in Mode. Eine Zeit lang verstanden sich die Menschen«, schreibt Collins.

Zugleich stellt sie die Frage: »Es ist 1963: Was ist nur aus der Liebe zwischen den Rassen geworden?« Und: »Wie wäre es mit Liebe statt mit Politik? Was ist mit diesem erregenden flüchtigen Gefühl, das farbenblind macht?«

Schwarze und weiße Studenten gingen nicht nur gemeinsam auf die Straße und ließen sich von weißen Rassisten und der Polizei zusammenschlagen – »all for freedom« –, sie kamen sich auch sonst näher. »In jenem Sommer war sie völlig unerwartet zu einer verblüffenden Erkenntnis gelangt«, heißt es in der Erzählung *Was ist nur aus der Liebe zwischen den Rassen geworden?*: »Sie konnte *jeden* heiraten, nicht nur einen farbigen Arzt / Anwalt / Lehrer / Professor, sondern *jeden*. Einen mexikanischen Lastwagenfahrer. Einen japanischen Psychiater. Einen südafrikanischen Journalisten. *Jeden.* Sogar einen Weißen.«

Und diese Beziehungen waren so kompliziert wie neu. Die gesellschaftliche Ächtung mag den jungen Liebenden gleichgültig gewesen sein, doch auch in der eigenen Familie galt es, Überzeugungsarbeit zu leisten: »In Kürze wird ihr kleiner weißer Liebhaber [...] dem in Ehren ergrauten, ersten ›farbigen‹ Rektor von New Jersey gegenüberstehen. (›... ich liebe dich‹, sagt er ... [das heißt, ihr Liebhaber] ... ›Ich möchte ein Schwarzer für dich sein‹, sagt er ...) Ihr Vater wird sie mit seinen dunkelgrauen Mittelschichtsaugen ansehen, unfähig, sich zu bewegen.« (Aus: *Was ist nur aus der Liebe zwischen den Rassen geworden?*)

Es waren also nicht nur die Eltern der Weißen, die sich an diesen Beziehungen störten. Auch die schwarze intellektuelle Mittelschicht, die endlich höhere Positionen in Schulen, Universitäten oder Unternehmen innehatte, fürchtete, dass ihre Kinder zu schnell zu viel forderten und so den mühsam erlangten sozialen Status gefährden könnten.

Mit dem Gesetz in Konflikt zu geraten, war ein Sakrileg, selbst wenn es um eine gute Sache ging: »Ihre Söhne werden für die Freiheit ins Gefängnis gehen (was in den Augen der Eltern nicht besser ist, als würden sie wegen bewaffneten Raubüberfalls, Drogenhandels, Zuhälterei oder anderer ethnientypischer Straftaten hinter Gittern landen).«

Manche Eltern hatten Angst, die Kontrolle über ihre Kinder, vor allem über ihre Töchter zu verlieren, und hierbei spielte auch Dünkel eine Rolle. Die kurzen Haare der Töchter werden bei Collins zum Symbol dieser Entfremdung. »Als sie in die Sommerferien aufbrach, war ihr Haar so kurz, dass ihr Vater sich nicht von ihr verabschiedete. Er ertrug ihren Anblick nicht.« Später spricht der Vater es aus: Die Tochter sehe aus »›wie alle farbigen Mädchen‹«.

Selbstironisch hinterfragt Kathleen Collins Stereotype, wie in der Erzählung *Rückzug*, die mit folgenden Sätzen beginnt: »Ich bilde mir nichts darauf ein, aber ich war die erste Farbige, die er ernsthaft als Geliebte in Betracht zog. Das weiß ich. Die erste, die über das Savoir-faire verfügte, das ihm so unermesslich wichtig war. Die erste mit Stil, Geschmack, Eleganz, Witz und einem Faible für Lyrik und Haute Cuisine. Eine Farbige mit Stil ist nämlich immer noch die Ausnahme, und eine Farbige, die Stil, Geschmack, Eleganz und Witz mit einem Faible für Lyrik und Haute Cuisine verbindet, muss man wahrlich mit der Lupe suchen. So etwas lässt sich nicht anerziehen.«

Im Kampf um Gleichberechtigung geht es bei Collins nicht nur um Hautfarbe, sondern auch um das Verhältnis zwischen den Geschlechtern. Dabei erweist sich die Emanzipation der Frauen als ähnlich schwierig wie das Erlangen der Bürgerrechte. Kathleen Collins porträtiert schwarze Frauen, die sich diesem doppelten Kampf stellen und daran zerbrechen. »Sexuelle Befriedigung war farbenblind.« Ja. Aber ist es weniger schlimm, als Studentin eine Affäre mit dem viel älteren Professor anzufangen, nur weil sie farbig ist und er weiß? Macht es eine Beziehung nicht viel komplizierter, wenn es nicht nur um Gefühle geht, sondern auch um Hautfarbe? Kann man eine Liebe als politisches Statement beginnen? Sind die Wunden nach einer Trennung tiefer, wenn die Hautfarbe eine Rolle spielt?

1964, ein Jahr nach seiner Rede in Washington, erhielt Martin Luther King den Friedensnobelpreis, 1968 war er tot – erschossen von einem weißen Rassisten. Der Traum war geplatzt. In der Erzählung *Nur einmal* gibt es den Moment, in dem die »goldene Haut« des jugendlichen, so optimistischen Liebhabers durch die Verachtung der anderen auf einmal »schwarz« wird und sein Lachen erstirbt. »Sie wird versuchen zu benennen, an welchem Punkt das Lachen erstarb. Wer die Beleidigung aussprach, wann und wo sie ihn traf und warum er sie nicht abschütteln konnte. Doch es wird ihr nicht gelingen.«

Dieser Unterton der Desillusionierung klingt in allen Erzählungen an. Und wenn man sich die anhaltende Polizeigewalt gegen Afroamerikaner in den USA, den dort immer offener zur Schau gestellten Rassismus vor Augen führt, muss man konstatieren, dass sich seit Kathleen Collins' Tod nur wenig getan hat. »I have a dream« stößt sich immer noch an der hässlichen Realität.

»Es widerstrebt mir, überhaupt etwas
aus meiner Vergangenheit aufzugeben, für mich
kommt das dem Verbrennen alter Liebesbriefe

oder dem Zerreißen alter Fotos gleich,
es bricht mir das Herz.«

Die Namen vieler Akteure der Bürgerrechtsbewegung sind heute vergessen. In Collins' Erzählungen werden einige von ihnen erwähnt. Deutschsprachigen Leserinnen und Lesern (und wohl auch vielen US-amerikanischen) dürften ihre Namen nicht mehr geläufig sein. Es wurde – wie in der amerikanischen Originalausgabe – bewusst auf Fußnoten verzichtet, um den Lesefluss nicht zu stören. Die Erzählungen sind auch ohne Erläuterungen verständlich (und vieles lässt sich schnell im Internet finden).

Bei Collins steht nie die Politik, nie das Zeitgeschichtliche im Mittelpunkt, sondern immer der Mensch, das Persönliche. »Was Kathleen Collins' Stimme magisch macht«, schrieb *The Village Voice*, ist »der feste Glaube, dass selbst der kleinste Wandel im Privaten draußen in der Welt Wirkung zeigt.« Stets verwebt Kathleen Collins Autobiographisches in ihren Erzählungen: ihre Kindheit, ihre Zeit als Studentin und ihr Engagement in der Bürgerrechtsbewegung, ihre frühen holprigen Affären, ihre schwierigen Beziehungen zu schwierigen Männern, persönliche Niederlagen und den Willen, sie zu überwinden.

Collins' Erfahrungen als Filmemacherin zeigen sich in ihrer erzählerischen Experimentierfreudigkeit. Dialoge, Regieanweisungen, schnelle Schnitte überraschen den Leser, und oft fühlt man sich bei der Lektüre wie inmitten einer imaginären Kamerafahrt. Wie eine gute Cutterin, die sie war, reiht Collins Szene an Szene und erschafft in knappen Worten eindrückliche Bilder und Stimmungen. »Schon auf der ersten Seite merkt man, dass man es mit einer außergewöhnlichen Schriftstellerin zu tun hat«, staunte Zadie Smith. »Diese Entdeckung ist ein sehr großes Glück. Kathleen Collins' Erzählungen sind leidenschaftlich und leichtfüßig, wütend und feinfühlig – wie Quecksilber fließen sie dahin, beschwören auf wenigen Seiten Figuren, Themen und Schauplätze herauf ... Und Collins' Humor ist köstlich. Ich habe dieses Buch geliebt.«

Und die *New York Times* forderte: »Kathleen Collins gebührt ein Platz im literarischen Kanon.« Wenn man diesen Platz abstecken wollte, könnte man ihre Erzählungen neben die von Carson McCullers stellen, die mit Collins vielleicht so etwas wie eine *black sister* bekommen hat. Beide Schriftstellerinnen waren im Leben oft unglücklich, beide trotzten sie einer schweren Krankheit ihre letzten Werke ab, beiden war New York ein Sehnsuchtsort, beide kämpften sie gegen die Rassentrennung in ihrer Heimat. (Es wird zu oft vergessen, dass Carson McCullers' letzte Erzählung *Der Marsch* von einem Protestmarsch gegen die Rassendiskriminierung handelt.) Vor allem aber schrieben beide verzweifelt schöne Erzählungen über unglückliche Liebe, Einsamkeit und Desillusion, über Sehnsüchte, die unerfüllt bleiben.

»Bleibt Carson McCullers nicht eine große Autorin, auch wenn ihre Bücher kaum gekauft werden? Ich könnte mir vorstellen, dass jener soeben geborene Leser, wenn er erst einmal fünfzehn geworden ist, sich eines ihrer Bücher aus dem Ramschkasten fischt und bei der Lektüre vom Fieber ergriffen wird«, schrieb Heinrich Böll in den 1960er Jahren, als Carson McCullers im deutschsprachigen Raum noch ein Geheimtipp war. Collins' Erzählungen konnten jahrzehntelang nicht einmal aus dem Ramschkasten gefischt werden. Jetzt ist es an der Zeit, den Schatz zu heben, eine große Schriftstellerin zu entdecken und bei der Lektüre vielleicht vom Fieber ergriffen zu werden.

Weitere Kampa Bücher stellen wir Ihnen auf den folgenden Seiten vor. Das Gesamtprogramm finden Sie auf:
www.kampaverlag.ch

KAMPA POCKET

Das erste Programm:
Bücher von Frauen über Frauen, mit Coverillustrationen von Frauen

»Es wäre jammerschade, wenn Frauen schreiben würden wie Männer oder leben würden wie Männer oder wie Männer aussehen würden, denn wenn angesichts der Weite und Vielfalt der Welt zwei Geschlechter schon ziemlich unzureichend sind, wie sollten wir dann mit nur einem auskommen?«
Virginia Woolf

Olga Tokarczuk
Gesang der Fledermäuse
Deutsch von Doreen Daume

Lucia Berlin
Abend im Paradies
Deutsch von Antje Rávik Strubel

Deborah Levy
Heiße Milch
Deutsch von Barbara Schaden

Żanna Słoniowska
Das Licht der Frauen
Deutsch von Olaf Kühl

Astrid Rosenfeld
Kinder des Zufalls

Marijke Schermer
Unwetter
Deutsch von Hanni Ehlers

Kathleen Collins
Nur einmal
Deutsch von Brigitte Jakobeit und Volker Oldenburg

Virginia Woolf
Ein Zimmer für sich allein
Deutsch von Antje Rávik Strubel